KB078180

먹을수록 강해지는 폭식투수 4

키르슈 현대 판타지 소설

초판 1쇄 찍은 날 § 2020년 9월 24일
초판 1쇄 펴낸 날 § 2020년 10월 1일

지은이 § 키르슈
펴낸이 § 서경석

편집책임 § 김예슬
디자인 § 공간42

펴낸곳 § 도서출판 청어람
등록번호 § 제387-1999-000006호
등록일자 § 1999. 5. 31
어람번호 § 제1-3088호

주소 § 경기도 부천시 부일로 483번길 40 서경B/D 3F (우) 14640
전화 § 032-656-4452 팩스 § 032-656-4453
http://www.chungeoram.com
E—mail § chungeorambook@daum.net

ⓒ 키르슈, 2020

ISBN 979-11-04-92264-0 04810
ISBN 979-11-04-92226-8 (세트)

먹을수록 강해지는

폭식투수

4

키르슈 현대 판타지 소설

MODERN FANTASTIC STORY

도서출판

청
어
람

목차

지구가 멸망한다고 해도
먹는다

　야구 에이전트들은 구단과의 직접적인 접촉을 주로 하고, 선수들의 의견을 대신 전달해 주는 역할도 겸한다.

　이건 선수와 구단이 직접 대면하며 감정을 상하지 않게 하기 위한 방법이기도 했다.

　박종현 단장은 살짝 불쾌하다는 표정을 지었다.

　"에이전트가 된 지 일주일도 안 된 분께서 하신 말씀이라고 생각하기는 힘드네요. 선수 본인의 의지입니까?"

　"에이전트는 선수의 수족입니다. 선수의 의지가 없다면 이런 식으로 이야기를 꺼낼 일도 없었겠죠."

　"하지만 구단 입장에서는 받아들이기 힘든 이야기군요."

　그리고 자신이 개인적으로 가타부타 결정할 일도 아니었다.

무엇보다 자신은 이번 시즌을 끝으로 임기가 끝난다.

　충청 호크스에서 재계약을 해 줄지 어쩔지는 알 수 없지만, 계약이 종료된다는 전제하에 이야기해야 했다.

　"그건 제가 확실하게 결정지을 수 있는 부분은 아닙니다."

　"올 시즌을 끝으로 임기가 끝나시니 당연한 일입니다. 차기 단장직에 대한 이야기도 시기상 아직일 테고요."

　내년의 시즌 구상과도 맞물리는 일이다.

　하지만 아예 약속을 해 주지 않을 수도 없었다.

　"메이저리그로의 진출을 생각하고 있다는 건 잘 알고 있습니다. 저희도 그에 대해서는 철저한 지원을 약속드리죠."

　"말로만 해 주시는 건 얼마든지 가능합니다. 물론 지금 당장 해 달라는 건 아닙니다. 그리고 조건도 확실하지 않습니까?"

　영호의 말은 논리 정연했고 앞뒤가 맞았다.

　무엇보다 충청 호크스가 바라는 것과도 이해관계가 맞아떨어졌다.

　종현은 곰곰이 생각하면서 어떻게 뿌리치기 어려운 유혹에 입술을 깨물었다.

　물론 칼자루는 충청 호크스 구단이 쥐고 있다.

　하지만 양자 모두를 택할 경우, 저쪽에서 언론 플레이를 한다면 둘 다 손에 쥐는 것조차 어려울지도 모른다.

　"아, 미리 말씀드리지만 이상진 선수는 언론을 이용해서 구단을 압박할 생각은 없습니다."

　"혹시 독심술이라도 익히셨나요?"

"그런 건 없습니다. 다만 이런 경우도 흔한 일이니까 미리 말씀드리는 겁니다."

선수가 자신이 원하는 결과를 얻기 위해 친한 기자들에게 소스를 뿌려 여론을 움직인다.

하지만 이상진은 그러길 원하지 않았다.

미우나 고우나 10년이나 머물러 왔던 구단이었다.

데뷔부터 부상에 재활, 그리고 부활까지 함께해 왔던 구단에게 괜한 압박감을 주고 싶지는 않았다.

이상진은 호크스에게 그만한 의리를 갖고 있었다.

"후우, 좋습니다. 후임 단장이 어떻게 할지는 몰라도 우선은 제가 약속드리죠. 지금 하고 있는 녹음을 그대로 가져가서도 좋습니다."

영호는 씩 웃으며 고개를 끄덕였다.

박종현 단장과 면담을 시작하면서 양해를 구하고 모든 대화를 녹음해 두었다.

이것은 나중에 혹시라도 있을지 모르는 사태에 대비하기 위함.

그리고 이상진을 위해서였다.

"충청 호크스는 이번 시즌에 우승할 경우, 이상진 선수와의 FA 계약 플러스 1년의 옵션을 포기하고 미국 메이저리그 진출을 적극적으로 지원하겠습니다."

*　　　　*　　　　*

오늘도 상진의 팬들은 넘쳐 났다.

부산 타이탄즈의 홈구장인 타이탄즈 스타디움에서 열리는 경기임에도 상당한 수가 몰려와서 사인을 받길 원했다.

그리고 사인을 받는 상진의 곁에는 구단이 붙여 준 경호원과 영호가 있었다.

"사인 감사합니다! 이것도 드세요!"

"이것도 좀 드세요! 치킨이에요!"

오늘도 팬들의 선물은 따끈따끈한 음식들이 대부분이었다.

상진은 그런 짐들을 전부 옆에 있는 영호와 경호원에게 맡기며 팬들에게 사인을 해 주었다.

"그럼 여기까지 해 드리겠습니다. 다른 분들께는 죄송합니다."

길어지면 길어질수록 사람이 너무 많이 몰려들기에 오늘도 스무 명 정도 사인을 해 준 다음 서둘러 안으로 들어갔다.

안으로 들어서면서 영호는 양손 가득히 들려 있는 음식들을 보며 질린다는 얼굴이 됐다.

"이래서 요새 구단 식비가 줄어들었다는 거구만."

"팬들이 주는 걸 먼저 먹는 게 예의잖아요."

"들어가면서 순살 치킨 하나씩 빼먹지 마라."

들고 있던 봉지 안을 들춰서 하나씩 빼먹는 상진이 못마땅했던 영호는 핀잔을 주었다.

"이런 식으로 포인트 쌓는 걸 잘 알면서 왜 그래요? 아무튼 여기까지면 됐어요."

"그래. 옛다. 참나, 이런 놈한테 수제 쿠키도 주는 팬이 있다
니."

"제가 또 한 외모 하잖아요."

"지나가던 외모 돼지는 소리 하지 마라. 그러면 있다가 보
자."

투덜거리며 바깥으로 나가는 영호를 뒤로하고 상진은 연습
을 위해 원정팀 로커 룸 쪽으로 향했다.

"정말 저건 언제 봐도 이해가 안 간단 말이지."

상진은 연습을 하면서도 끝없이 먹어 댔다.

연습을 마치고 경기 시작 전에 잠깐 휴식하면서까지 상진은
끝없이 먹어 댔다.

그래도 개인적으로 불편한 점이 하나 있었다.

"여기 올 때마다 화장실 다녀오기 정말 불편하단 말이지."

타이탄즈 스타디움은 오래전에 지어진 덕분에 낙후되어 있
었다.

그리고 먹는 양이 많은 상진은 화장실에 자주 다녀오는 편이
었다.

그런데 원정팀을 위해 마련된 로커 룸에서 화장실까지의 거
리는 상당히 멀었다.

화장실에 다녀와서 또 먹는 상진을 보면서 다들 쓴웃음을
지었다.

"화장실에 다녀오는 게 불편하면 좀 작작 먹어라."

"이번 달에는 좀 적당히 먹었어요."

"내 눈으로 얼마나 먹는지 봤는데 그 말을 믿으라고?"

투덜거리면서 재환은 오늘도 선물로 받아 온 상진의 음식들을 바라봤다.

상진이 먹기 힘든 종류는 걸러 달라고 해서 그런지 순살로 된 치킨이나 혹은 간단히 먹을 수 있는 과자 종류가 대부분이었다.

재환은 상진의 옆에 앉아서 초코 과자를 하나 입에 물며 물었다.

"오늘도 하던 대로 할 거지?"

"수비 연습 하듯이 하는 거 말이죠? 오늘도 적당한 수준에서는 해야겠죠."

"좀 조심해야 할 거다."

"알고 있어요. 요새 타이탄즈도 타선에 불이 붙었으니까요."

타자 개개인의 타격 리듬은 일정하지 않다.

그런데 가끔 팀 타선 전체가 한꺼번에 터지는 경우가 종종 있다.

요즘 부산 타이탄즈의 타선이 딱 그랬다.

8월 초부터 오늘까지 팀 타율이 3할 5푼이 넘어설 정도로 빵빵 터지고 있었다.

"그 선두에는 이대룡 선수가 있죠."

"월간 타율이 5할인데 당연하지. 아무튼 오늘은 조심하자."

"알겠어요, 알겠어요. 하여튼 걱정도 팔자시라니까."

이렇게 얘기하긴 했어도 늘 상대 팀의 데이터를 수집하며 분석하길 게을리 하지 않았다.

솔직하게 말해서 이대룡의 변화가 대단하다고 생각됐다.

이제 몇 년 안으로 은퇴해야 할지도 모르는 나이임에도 발전하고 있었다.

타격 폼을 조금 수정함으로써 장타력을 잃지 않으면서 동시에 타율을 올렸다.

레전드로 취급될 만한 타자들은 뭐가 달라도 달랐다.

"음?"

왠지 모르게 배가 살살 아파 왔다.

아직은 그냥 무시할 만한 수준이긴 했는데, 왠지 모르게 기분이 썩 좋지 않았다.

"여태까지 배탈이 난 적은 없었는데."

시스템을 얻고 난 이후부터 먹을 것 때문에 탈이 난 적은 단 한 번도 없었다.

그런데 오늘은 어딘가 모르게 배탈의 조짐이 아랫배에서부터 스멀스멀 기어 올라오고 있었다.

"어떻게 된 거지?"

그때 떠오른 시스템 메시지에 상진은 눈을 부릅떴다.

여태까지 단 한 번도 본 적이 없는.

그래서 더 충격적인 메시지였다.

[상태 이상을 일으키는 약물류의 섭취가 확인되었습니다.]

　　　　　*　　　　　*　　　　　*

　이상진의 사인을 받은 팬들.

　그들 중에 명백히 묘한 미소를 짓고 있는 사람이 있었다.

　우락부락한 차림새의 두 남자는 주차장에 있는 검은색 밴으로 들어갔다.

　선팅이 짙은 밴 안에 들어가자 정장을 차려입은 남자가 있었다.

　"됐냐?"

　"예. 치킨을 들고 들어가는 걸 확인했습니다. 그런데 먹을까요?"

　부하들은 불안한 기색이 역력했다.

　아무리 이상진이 먹을 걸 좋아한다고 해도 그렇게 넙죽넙죽 먹을까 싶었다.

　하지만 중년 남자의 생각은 달랐다.

　"됐어. 지난번에 팬 미팅 할 때도 보니까 주는 거 잘 먹더만. 먹는 걸 좋아하는 이상진이니까 분명히 먹겠지.

　양념 치킨에 완화제를 가득 넣어 뒀다.

　이상진이 팬들이 주는 음식들을 거절하지 않고 잘 먹는다는 사실도 이미 파악해 뒀다.

　중년 남자가 희미하게 미소를 지었다.

　이걸로 모든 준비는 끝난 셈이다.

　"이상진이 하도 연전연승을 하니까 거는 사람도 많이 없지.

우리는 그걸 역으로 이용하면 되고."

"크흐흐. 설마하니 컨디션이 팍 나빠져서 공도 제대로 못 던지게 될 줄은 모르겠죠."

"우리는 오늘 부산 타이탄즈의 승리에 배팅하면 되는 거죠?"

그들은 불법 도박 사이트를 운영하는 사람들이었다.

이상진이 등판하면 이기는 충청 호크스.

단 한 번도 패하지 않은 이상진은 어떻게 보면 좋은 먹잇감이기도 했다.

"정규 형님, 그러면 이제 다른 사람들에게도 연락을 넣어 두겠습니다."

"그래. 되도록 들키지 않게 배당을 잘 보면서 넣으라고 해 둬."

"그건 당연한 거 아니겠습니까, 후후."

"적어도 10배 이상은 먹을 수 있도록 조정해 놔야 할 거다."

그들의 계획은 별다를 것 없었다.

설사를 유도하는 완화제를 넣은 음식을 건네줘서 그걸 먹도록 하고 경기 직전에 컨디션을 망가뜨린다.

그리고 부산 타이탄즈에 배팅을 해서 돈을 따낸다.

이것뿐이었다.

$$* \qquad * \qquad *$$

설사를 하면서 끙끙 앓는 상진은 이를 꽉 깨물고 분을 삼키고 있었다.

약물류를 섭취했다는 메시지가 괜히 떴을 리가 없다.

지난번 도핑 사태 이전부터 약물류에 대해서는 세심하게 관리해 왔다.

그런데 상태 이상을 유발하는 약이라니.

'누군가 먹을 것에 약을 섞었다.'

팬들이 준 음식 중에 분명 뭔가가 섞여 있었다.

문제는 어떤 음식 때문인지 알 수 없단 점.

그리고 이건 분명한 악의가 느껴졌다.

'어떤 자식이 나한테 약을 먹인 거지?'

짐작이긴 했어도 누군가 자신의 컨디션을 망가뜨리기 위해서 의도적으로 약을 넣은 게 분명했다.

그리고 자연스럽게 생각은 다음으로 넘어갔다.

'내가 컨디션이 망가져서 이득을 볼 수 있는 사람은 누구지?'

당장 생각나는 건 부산 타이탄즈였다.

하지만 설사로 상태가 좋지 않음에도 상진은 그 가설을 부정했다.

부산 타이탄즈는 뭐라고 해도 야구 구단이었다.

경기 안에서 자신을 무너뜨리려고 할지언정, 약물까지 쓰지는 않을 것이다.

"괜찮냐?"

연속으로 물을 내리면서 전초전을 끝낸 상진은 이마에 식은 땀이 가득했다.

무슨 일인지는 모르겠지만 갑자기 쏟아지기 시작한 설사는 끝도 없이 나왔다.

밖으로 나와 이온 음료를 마시며 수분을 섭취하자 표정이 한결 나아졌다.

"예. 괜찮아요."

"갑자기 설사라니."

재환은 걱정스러운 얼굴로 시계를 바라봤다.

경기 시작까지 이제 1시간쯤 남아 있었다.

하지만 상진의 설사는 멈출 기미가 보이지 않았다.

"일단 지사제를 먹기는 했는데, 괜찮으려나."

저쪽에 있는 한현덕 감독과 송신우 투수 코치가 걱정스러운 얼굴로 바라보고 있었다.

오늘 선발로 등판이 예정된 것도 있지만, 상진은 이미 팀의 에이스다.

팀적으로나 개인적으로나 상진의 몸에 이상이 생기면 걱정을 하는 건 당연했다.

"어때 보이냐?"

"딱히 좋아 보이지는 않아요."

"뭘 잘못 먹었길래."

"저놈은 강철도 씹어 먹는 놈인데 배탈이 날 리가요. 제가 아는 한에서 저놈은 음식을 잘못 먹고 설사한 적이 없어요."

그동안 상진의 이미지는 뭐든지 잘 먹고, 뭐든지 잘 소화시키는 강철 위장의 소유자였다.

그런데 이렇게 설사를 하며 식은땀으로 범벅이 되는 꼴을 보니 불안감이 밀려왔다.

그때였다.

"인마!"

한현덕 감독을 비롯해서 그곳에 있던 충청 호크스의 관계자들이 전부 경악했다.

재환은 순식간에 달려와 상진의 손에 들려 있는 걸 빼앗았다.

"너 뭐 하는 짓이야!"

상진은 계속 꾸역꾸역 밀어 넣고 있었다.

아직 설사는 멈추지 않았지만, 확인은 해야 할 것이 하나 있었다.

대체 어떤 음식에 문제가 있었는지를 알아내야 했다.

그래서 그는 남은 음식들을 하나하나 조심스레 먹기 시작했다.

'초코 과자는 괜찮고, 이쪽에 있는 삶은 계란도 괜찮고.'

하나씩 신중하게 음식을 베어 물던 상진은 문득 연습을 하다가 중간에 쉬면서 먹은 치킨이 눈에 띄었다.

남아 있던 치킨을 하나 베어 물자 아까 봤던 메시지가 다시 떠올랐다.

[상태 이상을 일으키는 약물류의 섭취가 확인되었습니다.]

이게 문제였구나.

신중하게 맛을 보니 느낀 건데 양념에 가려져 있어도 어딘가 모르게 씁쓸한 맛이 느껴지긴 했다.

"뭘 그렇게 또 먹어? 안 아파?"

"아프긴 아프죠. 그런데 이게 상한 거 같아서요."

상진은 입에 남은 것을 뱉으며, 주저 없이 약이 든 치킨을 쓰레기통에 처박았다.

다른 사람이 먹으면 분명히 더 큰일이 벌어지게 된다.

그래도 혹시 몰라서 상표는 떼어 놓았다.

그때 저쪽에서 다른 구단 직원이 외치는 소리가 들려왔다.

"경기 시작 한 시간 남았습니다!"

이제 남은 시간은 한 시간.

자신은 그때까지 컨디션을 회복해야 했다.

그렇게 하기 위해서는 뭘 해야 할까.

잠깐의 고민 끝에 내린 결론은 단순했다.

"인마! 너 뭐 하는 짓이야!"

"이상진!"

충청 호크스의 선수단은 한현덕 감독과 최재환의 목소리에 화들짝 놀라며 더그아웃 쪽을 바라봤다.

그곳에는 남은 음식들을 전부 입 안에 넣고 씹는 상진의 모습이 있었다.

"설사해서 탈진 직전인 놈이 뭘 그렇게 또 먹어!"

"원래 이런 건 먹어서 나아야 해요."

"그건 무슨 개똥같은 논리야? 더 먹었다가 또 체하기 전에 그만 먹고 쉬어!"

재환은 버럭 화를 내면서 상진이 먹고 있던 음식을 빼앗으려 했다.

하지만 상진은 단호히 고개를 가로저으면서 재환에게서 다시 음식을 빼앗았다.

"원래 배탈이 나면 새로운 음식으로 배 속을 채워 줘야 낫는 거예요. 저는 내일 지구가 멸망한다고 해도 한 조각 치킨을 뜯을 겁니다."

"후우, 개소리 좀 작작 해라."

재환은 답답하다는 표정으로 가슴을 쾅쾅 쳤다.

"너 1시간 있다가 선발 출장해야 하는데 괜찮겠어? 너 이러다가 진짜 죽을지도 몰라. 너 예전에도 먹다가 구급차에 실려 간 적 있다며!"

"저만 믿어요. 재환이 형. 형 기대에 한 치도 어긋나지 않게 오늘 이겨 줄 테니까. 그리고 설사하면서 힘을 다 뺐으니까 먹어서 보충해 줘야죠."

"하여튼 말 같지도 않은 소릴 하고 있어."

그러면서도 재환은 허탈한 웃음을 지으며 손을 내렸다.

그동안 상진이 얼마나 말 같지 않은 말을 하면서도 무슨 일을 벌였는지 알고 있다.

예전 같았으면 멱살을 틀어쥐고 싸웠을 텐데, 이제는 그러려니 싫었다.

그만큼 자기 관리를 철저하게 하는 녀석이니만큼 상진을 믿고 있었다.

"에휴, 내가 네 고집을 어떻게 막냐. 그래, 먹어라. 다 먹다가 경기도 말아먹어라."

"에이, 경기에는 말아먹는 게 따로 있죠."

"그게 뭔데?"

상진은 초코 과자를 한입에 틀어넣으면서 씩 웃었다.

"승리요."

＊　　　　＊　　　　＊

―타이탄즈의 화끈한 타격은 9위와의 경기차를 1.5경기 차로 좁혔습니다.

―어제 타이탄즈와 드래곤즈의 경기에서 무려 32안타가 터져 나오며 난타전을 벌였죠.

―이대룡 선수가 어제 5타수 5안타 2홈런을 치며 절정의 타격을 보여 줬는데요.

―오늘 이상진 선수가 부산 타이탄즈의 타선을 어떻게 상대할지 궁금하네요.

경기가 시작하고 1회 초 충청 호크스의 공격은 맥없이 끝났다.

오늘 등판한 브루스는 호크스의 타선을 꽁꽁 묶어 버렸다.

무엇보다 경질된 감독을 대신해서 대행을 맡고 있는 공필석은 오늘의 경기를 피할 생각이 없었다.

'순위가 떨어져 있어서 어차피 가을 야구는 하지 못한다. 그렇다면 에이스 대결이라고 해도 굳이 꺼릴 건 없지. 우리의 에이스와 타선을 믿고 간다.'

부산 타이탄즈의 순위는 10위.

꼴찌나 다름없는 순위에도 공필석 대행은 이상진과의 싸움을 피하지 않았다.

지금은 1승을 거두는 것보다 현재 선수들의 컨디션에 맞춰서 팀을 운용하고 신인급들을 기용하며 경험을 쌓게 해 주는 게 중요했다.

그런데 1회 말에 마운드에 올라온 상진의 모습이 왠지 이상했다.

"왜 저러지?"

"뭔가 얼굴색이 안 좋아 보이는군요."

어딘가 모르게 로진백을 만지는 것도 부자연스러웠다.

공필석 대행은 고개를 갸웃거리면서도 처음에 내린 결정을 번복하지 않았다.

"너희에게 딱히 사인을 내주진 않겠다. 이상진은 예측한다고 해도 쉽게 치기 어려운 투수인 만큼 공부한다고 생각하며 공을 끝까지 지켜보고 쳐라. 국내 최고 투수와 수 싸움을 해 본다면 너희의 미래에 밑거름이 될 거다."

"알겠습니다!"

"그리고 대룡아, 화섭아. 너희도 애들한테 조언도 해 주면서 팀 선배로서의 면모를 보여 봐라."

그동안 이상진에게 탈곡기에 털리는 볏짚처럼 탈탈 털렸던 타이탄즈였다.

타격 페이스도 좋은 요즘 같은 때에 그동안의 빚을 반드시 갚겠다며 이를 갈고 또 갈았다.

그건 1회부터 시작됐다.

─고성민 선수가 볼넷으로 출루합니다!

─안타! 1, 2루 간을 빠지는 손화섭 선수의 안타! 단숨에 무사 1, 2루가 만들어집니다!

순식간에 볼넷과 안타를 내주며 두 명의 주자를 출루시킨 상진의 얼굴은 누가 보더라도 창백했다.

그리고 원정팀 관중석에서 경기를 보고 있던 관중들은 믿을 수 없다는 표정을 지었다.

이상진이 한 이닝에 2명이나 출루시키는 일은 이번 시즌에서도 거의 없었다.

"타임!"

보다 못한 재환이 타임을 요청하고 마운드로 향했다.

"1회까지만 막고 교체하자. 이건 아니야."

"안 돼요."

"지금 네 컨디션이고 공이고 절대 정상이 아니야! 뭘 먹어서 회복하긴 개뿔을 회복하냐! 이대로 가면 오늘 경기는 제대로 말아먹는다고!"

"재환이 형."

상진은 단호하게 재환을 부르며 말을 끊었다.

아직 숨은 거칠었어도 지금 상태는 생각보다 나쁘지 않았다.

"지금 영점이 제대로 안 잡혀서 그런 거예요."

"영점이 안 잡혀? 그것도 문제가 있는 거지!"

순간 재환의 말이 거칠어졌다.

지금 이대로 마운드에 서 있는 건 그저 고집처럼 보였다.

상진의 얼굴은 창백했고, 아직도 식은땀이 흐르고 있었다.

아까 음식을 더 처먹기 전에 막아야 했다고 생각하면서 이를 꼭 깨물었다.

"너 진짜 계속 고집 부릴래?"

"재환이 형."

숨을 고르면서 상진은 다시 낮아진 목소리로 진지하게 말했다.

"여태까지 형하고 의견 대립이 있어도 언제나 좋게 끝났죠. 그러니까 오늘도 조금만 더 봐줘요. 다음 타자부터는 실수하지 않을 거니까."

"후우, 알았다. 대신에 이 이상으로 나빠진다면 그땐 내가 더 그아웃에 신호를 보낼 테니까."

"그거면 됐어요."

재환이 씩씩거리며 마운드에서 내려가자 상진은 다시 한번 숨을 크게 들이마셨다가 내쉬었다.

조금 전까지 볼넷과 안타를 내준 건 우연이 아니었다.

오늘 컨디션은 확실히 망가졌고, 지금도 배가 싸르르 아팠다.

그렇다고 해도 순순히 물러날 생각도 없었다.

'어떤 새끼가 나한테 빅엿을 먹였는지는 몰라도 오늘 경기에서 내가 그냥 물러서리라고는 생각하지 마라.'

＊　　　　＊　　　　＊

'무사에 1, 2루. 이만큼 최고의 조건은 없다.'

3번 타자로 들어선 전준호는 절호의 기회에 살짝 흥분하고 있었다.

이상진의 컨디션이 안 좋아 보이는 건 약간 동정이 가긴 했다.

하지만 야구 선수들은 무려 144경기를 뛴다.

컨디션을 패넌트 레이스 내내 최고조로 유지하는 건 그 누구도 불가능한 일이다.

'그동안의 패배에 대한 빚을 오늘 전부 갚아 주마.'

앞에 고성민과 손화섭이 출루한 것처럼 자신도 끈질긴 승부를 볼 참이었다.

"스트라이크!"

초구로 들어온 슬라이더가 생각보다 날카롭기는 했다.

하지만 준호가 치지 못할 정도로 날카로워 보이진 않았다.

'감독님 말씀대로 꾸준히 지켜보는 게 중요하긴 하겠지만.'

이렇게까지 약해진 상진을 상대로 시간을 끄는 건 마음에 들지 않았다.

'마운드에서 단숨에 끝어내리는 것도 좋겠지.'

그리고 어째서인지는 몰라도 고성민과 손화섭을 상대하며 사이드암 투구는 한 번도 하지 않았다.

이것이 페이크인지, 아니면 정말 던질 수 없는 상태인지도 확인해 봐야 했다.

'다음은 투심이냐!'

상진의 투구 폼과 놓기 직전에 공을 쥐고 있는 손가락을 순간적으로 캐치한 준호는 배트를 휘둘렀다.

포착한 대로 구종은 투심 패스트볼이었다.

하지만 준호는 그걸 쳐 내지 못했다.

1루 파울라인 밖으로 벗어나는 공을 안타깝게 바라보던 준호는 상진과 잠깐 눈을 마주치고 흠칫 놀랐다.

'저 자식, 눈빛이 왜 저래?'

예전에도 누구 하나 잡아먹을 듯한 눈빛이긴 했다.

그런데 오늘은 뭔가 달랐다.

묘하게 살기까지 띠며 노려보는 눈빛에 자신도 모르게 몸이 움츠러들었다.

"스트라이크! 타자 아웃!"

"이런!"

조금 움츠러든 틈에 포심 패스트볼이 스트라이크존을 통과했다.

미처 반응하지 못하고 선 채로 삼진을 당한 준호의 입에서는 거친 욕설이 흘러나왔다.

투덜거리면서 4번 타자인 이대룡과 교대했다.

"저걸 못 치냐?"

"어우, 실수예요, 실수. 잠깐 방심했다가 당했어요."

"방심?"

이대룡은 씩 웃으면서 마운드 위에 있는 이상진을 바라봤다.

겉으로 훑어보기만 해도 컨디션이 좋지 않은 게 눈에 띌 정도였다.

하지만 그는 준호와 다른 생각이었다.

'상처 입었다고 해도, 쇠약해졌다고 해도 불사조는 불사조지.'

이상진이 올해 보여 준 퍼포먼스는 가히 메이저리그급이라고 해도 과언이 아니다.

그렇기에 이대룡은 아무리 약해졌다고 해도 얕잡아 볼 생각은 없었다.

'초구는 대부분 스트라이크였지?'

이대룡이 연구한 이상진은 언제나 최고의 컨디션일 때를 가정했다.

그리고 수 싸움 역시 변하지 않았으리라 생각하며 배트를 휘둘렀다.

"파울!"

살짝 높게 날아오던 하이 패스트볼이 배트에 걸치며 포수 뒤편으로 날아갔다.

대룡은 다시 이를 꽉 깨물고 상진을 노려봤다.

1사에 1, 2루.

자신의 주루 능력이라면 자칫 잘못했을 때 병살타가 될 가능성이 높았다.

그것에 조심하면서 이상진을 공략해야 했다.

"볼!"

이상진도 똑같은 생각인 모양이었다.

신중하게 던진 공이 왠지 이상해서 지켜보니 아슬아슬하게 존에서 벗어났다.

입맛을 다시면서 대룡은 배트를 고쳐 쥐었다.

원 스트라이크 원 볼.

그리고 동시에 그도 등골이 오싹한 무언가를 느꼈다.

'이상진?'

이상진의 시선이 심상찮았다.

자신을 마치 죽일 듯이 노려보고 있었다.

뭔가 빈틈만 보이면 바로 급소에 공을 꽂아 버릴 듯한 기분이 들었다.

"재환아, 대체 쟤 왜 저러는 거냐?"

"오늘 컨디션이 안 좋아서 그래요."

"컨디션이 안 좋은데 저래?"

그때 투구 동작으로 들어서는 상진의 자세를 보며 대룡은 배트를 급히 고쳐 쥐었다.

그리고 강렬한 기세로 날아오는 포심 패스트볼을 향해 휘둘렀다.

따악!

정통으로 맞은 공이 높이 솟아올랐다.

—쳤습니다! 이대룡 선수가 이상진 선수의 공을 받아쳤습니다!
—쭉쭉 날아가는 공! 아깝게도 폴대 밖으로 휘어져 나갑니다!
—이상진 선수가 오늘 컨디션이 별로 좋지 않은 모양입니다.

폴대 바깥으로 휘어져 나가 파울이 되는 공을 보며 대룡은 다시 타석으로 돌아왔다.

무려 154킬로미터가 찍히는 포심 패스트볼은 위력적이기는 했어도 위화감이 느껴졌다.

아쉬움에 입맛을 다시면서도 대룡은 자신이 느낀 게 무엇인지 깨달았다.

'승부를 서두르고 있다.'

이유는 잘 알 수 없지만 상진은 오늘따라 승부를 서두르고 있었다.

왠지 그것이 피부로 느껴졌다.

그런데도 몸이 움츠러드는 건 어쩔 수 없었다.

어떤 이유에서인지는 몰라도 이상진의 투구 하나하나에는 다급함과 함께 방해하면 죽여 버리겠다는 살기까지 담겨 있었다.

따악!

여태까지 본 적이 없던 상진의 모습에 대룡의 타구는 결국 병살타로 끝나 버렸다.

1회 초에 위기가 있었어도 무난하게 넘겼다.

상진이 어떤 상태인지 잘 아는 팀 동료들은 창백한 얼굴로 더그아웃에 돌아온 상진을 반겼다.

특히 한현덕 감독은 상진 이상으로 창백한 얼굴에 미소를 띠었다.

"상진아, 잘 막았다. 이제 좀 컨디션이… 상진아?"

"죄송합니다! 감독님! 잠깐 실례하겠습니다!"

상진은 그 말을 남긴 채 급히 더그아웃 옆에 붙은 화장실로 뛰어 들어갔다.

모두 황당한 표정을 짓는 가운데 재환은 어깨를 으쓱거렸다.

그리고 그다음에 들린 소리에 모두의 얼굴이 굳어 버렸다.

푸드득 푸드득.

갈 곳 잃은 사운드만이 더그아웃을 가득 채웠다.

화장실을 드나들 때마다 상진의 표정은 점점 더 안 좋아졌다.

그래도 상진은 화장실에서 나와서 여유가 있을 때마다 계속 먹어 댔다.

그리고 표정이 안 좋아지면 안 좋아질수록 역으로 공의 위력은 더욱 힘을 더했다.

3회가 끝났을 무렵까지도 충청 호크스는 아직도 점수를 내주지 않았다.

"으아아! 비켜!"

1회와 2회가 끝났을 때도 똑같은 상황이었기에 팀 동료들은 순식간에 길을 터 주었다.

더그아웃 화장실에서 또다시 굉음이 울려 퍼지는 걸 들으면서 모두 쓴웃음을 지었다.

"저게 위기 상황에서 괴력이 나온다는 건가?"

"그런 걸 수도 있죠."

"아무튼 지금 상황은 우선 잘 풀리고 있긴 하네요."

그래도 불안불안한 건 어쩔 수 없었다.

보통 때의 상진이라면 3회까지 노히트를 기대해도 좋았다.

하지만 오늘은 3회까지 피안타 2개와 볼넷 2개를 내주었다.

"어떻게 보이냐?"

"우선 투구 수는 적습니다. 보통 때처럼 갈 수는 있겠지만, 컨디션이 별로라는 점만큼은 다르겠죠."

"으흠."

한현덕 감독은 불안한 시선으로 화장실 문을 바라봤다.

스멀스멀 배어 나오는 냄새는 도대체 무얼 먹었나 싶을 정도였지만, 그것보다 더 걱정되는 건 에이스의 컨디션이었다.

"우선 6회라고 봐 둬야겠군."

"무리겠다 싶으면 제가 내리겠습니다."

"저 녀석이 반발하면 내가 마운드를 두 번 올라갈 테니 걱정하지 말아라."

코칭스태프가 한 이닝에 두 번 마운드에 올라가면 규정상 투수를 무조건 교체해야 한다.

이상진이 교대를 거부할 경우 그런 방법이라도 쓰겠다는 말이었다.

하지만 이런 말을 하고 난 후, 한현덕 감독은 쓴웃음을 지었다.

"그래도 에이스로서 저 녀석의 의견을 존중하도록 하자."

"괜찮을까요?"

"저렇게 설사를 좍좍 해 대면서도 저놈, 거의 흐트러지지 않고 있어. 오늘 두 개씩 내준 안타나 볼넷도 1회와 2회에 하나씩 내준 것 정도지."

그러고 보니 3회에는 볼넷과 안타를 하나도 내주지 않고 틀어막았다.

재환은 그 사실을 깨닫고 흠칫 놀랐다.

그리고 약간 부끄러웠다.

매일같이 호흡을 맞추는 포수면서도 투수가 컨디션을 끌어올리고 있음을 깨닫지 못하다니.

"그래도 이번은 우연일 수 있으니 두고 보자는 거지."

"알겠습니다."

"그런데 구위는 어떻더냐?"

재환은 아직도 얼얼한 손바닥을 한 번 내려다봤다.

구위는 나쁘기는커녕 오히려 평소보다 더 살벌했다.

화장실이 급해서 그런지 몰라도, 오늘 상진의 투구는 평소처럼 타자를 놀리듯 던지는 게 아니라 쳐 볼 테면 쳐 보라는 식이었다.

하지만 오늘처럼 급박할 때는 이런 게 오히려 더 나을지도 모른다.

"평소보다 훨씬 좋습니다."

"역시 절박한 게 제일 좋구만."

한현덕 감독은 쓴웃음을 지었다.

*   *   *

"으으. 죽겠네."

이닝을 거듭할수록 상진의 표정은 시시각각 변했다.

새파랗게 된 채로 마운드에 설 때도 있었고, 새하얗게 된 채로 설 때도 있었다.

그런데 이상진보다 더 죽을 맛인 사람들이 있었다.

"매 이닝 분명히 출루하면서 왜 들어오질 못하냐고!"

공필석 대행은 어이없는 공에 삼진, 혹은 땅볼이나 플라이로 아웃되는 타자들에게 분노했다.

이상진의 컨디션은 명백히 좋지 않았고, 교체하지 않는 한현덕 감독을 비웃었다.

그런데 4이닝까지 점수를 전혀 내지 못하고 있는 자신이 오히려 창피해졌다.

"이상진의 투구 수는?"

"이제 60구를 막 넘겼습니다. 총 63구입니다."

"고작?"

이상진의 평균 투구 수를 생각해 보면 4회까지 60구를 넘긴
건 많은 편이었다.

하지만 오늘 안타를 3개나 맞고 볼넷을 두 개나 주었다.

그럼에도 63구라는 점은 뭔가 문제가 있었다.

"병살이 자주 나왔습니다."

기록지를 빼앗아서 훑어본 공필석 대행은 짜증스러운 표정
을 지었다.

볼넷이나 안타가 나와서 진루를 허용하면 그다음은 무조건
적으로 병살타가 나왔다.

한마디로 의도적으로 병살타로 유도했다는 말과도 같았다.

"후우, 미치겠군. 점수를 내야 하는데."

컨디션이 좋지 않은 이상진을 공략해서 대량 득점을 하겠다
는 계획은 이미 헝클어졌다.

그렇다고 해서 승리를 놓치고 싶지는 않았다.

공필석 대행은 차분하게 마음을 가라앉히고 서서히 끝나 가
는 충청 호크스의 공격을 바라봤다.

"컨디션 난조만으로 우리가 이기기에 부족하다면 이상진을
더 흔들어 보는 거다."

*   *   *

"어째서 점수를 못 내는 거냐고!"

스마트폰으로 경기를 시청하고 있던 불법 도박 단체의 조직원들은 모두 분통을 터뜨렸다.

이상진의 상태는 명백히 좋지 않았다.

1회에 볼넷과 안타를 연속으로 내주면서 흔들릴 때는 환호를 질렀다.

하지만 마치 쓰러질 듯하면서도 쓰러지지 않는 이상진이 4회까지 무실점을 기록하고 있었다.

"벌써 연락이 오고 있습니다."

"빌어먹을."

부하들이 들고 있는 휴대폰들은 쉬지 않고 울리고 있었다.

쏟아지는 전화와 메시지는 보지 않아도 무슨 내용인지 짐작할 수 있었다.

이상진의 패배에 배팅했는데 어째서 그럴 기미조차 없냐는 항의겠지.

"차라리 이상진을 포섭을 하는 게 낫지 않았을까요?"

"저 정도 성적을 내는 선수들은 그걸 쉽게 받아들이지 않아. 그리고 올해 옵션으로만 30억 넘게 당긴다면서? 안 그래도 고발당하는 일도 있었는데 쉽게 포섭이 되겠냐!"

보통 선수들을 포섭할 때는 과거 중고등학교 시절 친분이 있던 사람들을 통해서 선수들과 접촉한다.

그런데 이상진은 그러기에 너무 복잡했다.

특히 연락 자체를 매니저가 맡게 된 이후부터는 약속을 거절하는 게 단호해졌다.

"선수하고 직접 접촉하면 어떻게든 옛 인연 같은 걸로 끌어낼 수라도 있는데. 빌어먹을 매니저 놈."

"그 영호인가 영후인가 하는 매니저 양반. 고등학교 동창을 이용해 봤는데도 아무런 대답도 없이 전화를 끊어 버리더군요."

이상진과 연락할 수 있는 수단이 없어져서 이런 극단적인 방법까지 사용했는데 기대했던 결과가 나오지 않는다.

경기장 카메라는 선수의 얼굴을 극한까지 끌어당겨서 촬영한다.

이상진의 얼굴이 클로즈업되자 조직원들은 전부 중계 화면으로 향했다.

그래서 이상진의 상태는 눈으로 봐도 확연히 알 수 있을 정도로 좋지 않았다.

"저 새끼는 좀비인가? 미치겠네."

"그래도 일찍 강판되지 않을까요?"

"그러긴 하겠지?"

타격이 절정에 오른 부산 타이탄즈의 타선이라면 뒤이어 등판할 불펜 정도는 가볍게 털어 버릴 것이다.

그들은 이렇게 기대하면서 다시 영상에 집중했다.

하지만 시간이 지날수록 그들의 얼굴은 점점 굳어져 갔다.

"미친! 어떻게 저게 점수가 안 날 수가 있냐고!"

*   *   *

페이크 번트 앤드 슬래시.

번트를 대는 척하면서 공을 던지는 순간 타격 자세를 잡고 치는 기술이다.

번트 자세에서 타격 자세로 전환하면서 제대로 된 타격을 하기 어렵다.

하지만 잘만 하면 투수를 기만하고 공을 칠 수 있다.

따악!

상진은 1루와 2루 사이로 빠져 외야로 굴러가는 공을 보며 허탈한 미소를 지었다.

번트 앤드 슬래시라는 느낌은 있었다.

하지만 그걸 보고도 제대로 된 판단을 내리지 못한 건 컨디션 때문만은 아니었다.

'잠깐 망설였다.'

가장 첫 타석에 섰던 채태익이 번트를 대려고 했었다.

투 스트라이크가 됐음에도 또 시도를 해서 스리 번트 실패로 물러나기까지 했다.

그래서 방금 전 타석에 섰던 안중연이 번트를 대려고 하는 게 페이크인가 정말인가.

제대로 된 판단을 내리지 못해서 안타를 맞았다.

그런데 다음 타자인 강로훈이 다시 번트 자세를 잡으니 마음이 약간 흔들렸다.

"후우, 좋아. 1년 동안 고생할 걸 오늘 싹 다 몰아서 하는

구만."

그동안 너무 순탄하게 풀려서 맥이 빠질 정도였다.

아마 올해 액운이 오늘 하루에 죄다 몰려오는 기분이었다.

가볍게 심호흡을 하면서 상진은 싸르르 아파 오는 아랫배의 통증을 억눌렀다.

"원아웃에 주자는 1루. 그거참."

원래 급똥일 때는 사람 하나쯤 죽여도 무죄가 아닐까 싶었다.

그것도 이닝이 끝날 때마다 감독의 얼굴보다 화장실 문을 먼저 바라보는 상황에서 상진의 공은 살기마저 띠고 있었다.

극한 상황을 앞에 두고 승부와 배설이라는 두 마리 토끼를 잡기 위한 상진의 처절한 몸부림이었다.

"파울!"

그래서 타자 입장에서는 미치고 팔짝 뛸 노릇이었다.

이번에도 감독의 지시대로 번트를 대 봤지만 공은 위로 튀어 버렸다.

150킬로미터는 가볍게 넘는 포심 패스트볼 구속과 구위는 간단하게 번트를 대기 어렵게 만들었다.

"파울!"

두 번째 공 역시 파울 라인을 벗어났다.

강로훈은 이맛살을 찌푸리면서 더그아웃을 바라봤다.

세 번째 공에 대한 대처법 역시 번트 지시였다.

사실 오늘 이상진은 번트가 있을 때마다 그에 대한 대처가 늦었다.

아랫배에서 느껴지는 통증 때문이었지만, 강로훈은 그것보다 아까 앞서 나간 안중연의 안타를 생각하고 있었다.

'번트 앤드 슬래시였지?'

번트를 댄다고 해도 지금 상황에서는 2아웃에 2루가 되는 정도다.

고작 진루타를 만들고 아웃을 당하느니 아까 중연처럼 안타를 친다면 1아웃에 1, 3루라도 만들 수 있지 않을까.

이런 생각이 머릿속에 맴돌았다.

'온다!'

세 번째 투구 동작에 들어서자마자 로훈은 번트 자세로 내려놨던 배트를 똑바로 잡으면서 휘둘렀다.

그런데 이번에는 패스트볼이 아니었다.

'투심?'

빗맞은 공은 유격수에게로 정확하게 굴러갔다.

유격수로부터 2루수, 그리고 1루수에게로 연결되는 6—4—3 병살타.

이닝은 그것으로 끝났다.

*   *   *

너무 뻔히 보였다.

보여도 너무 뻔히 보였다.

'일단 자세부터가 번트가 아니었지.'

이상적인 번트 자세는 뒷발은 홈 플레이트에 가까이 두고 앞발을 오픈해 줘야 한다.

그래야 좌우로 빠지는 공에 중심 이동이 쫓아갈 수 있고 제대로 공을 보면서 번트를 댈 수 있다.

하지만 방금 전 강로훈의 자세는 전혀 달랐다.

희생 번트라고 하기에는 자세가 너무 어정쩡했다.

'요즘 우리 팀 선수들도 저러던데. 나중에 시간이 나면 교정을 시켜 줘야지.'

요새 선수들도 가끔 기습 번트를 대기도 하고, 지금처럼 더그아웃의 지시로 희생 번트를 하기도 한다.

기본적으로는 기습 번트를 할 때 빨리 뛰기 위해서 뒷발을 뺀다.

그런데 간혹 희생 번트를 할 때도 기습 번트 할 때처럼 뒷발을 빼는 경우가 있었다.

이것은 잘못된 자세였다.

'역시 믿을 건 동료들뿐이라니까.'

요새 실전에서 일부러 공의 방향을 유도해 수비 연습을 시킨 덕분인지, 오늘은 실책이 하나도 없었다.

한결 향상된 수비력으로 병살만 몇 차례 잡아냈는지 모를 정도였다.

더그아웃으로 돌아오면서 상진은 자리에 털썩 주저앉았다.

그리고 자신을 바라보는 팀 동료들의 시선에 고개를 갸웃거렸다.

"왜 그래요?"

"이번에는 화장실을 안 가네?"

"어?"

그러고 보니 통증이 싹 사라졌다.

아까까지만 해도 매 이닝 견디기 힘들 정도의 통증이 밀려와서 3아웃을 잡고 바로 화장실로 달려갔었다.

그런데 지금은 그렇지 않았다.

상진은 스포츠 음료를 벌컥벌컥 들이켜고 긴 숨을 토해 냈다.

"이래서 뭔가 계속 밀어 넣어 줘야 한다니까요."

"그러든지 말든지. 자, 이거나 처먹어라."

재환은 아예 상자째로 초코 과자 상자를 던져 줬다.

상진은 또 그걸 뜯어서 입에 베어 물었다.

우물거리면서 초코 과자를 씹어 먹는 상진을 보며 모두 웃음을 터뜨렸다.

무언가에 쫓기듯 먹던 아까와 다르게 지금은 평온해 보였다.

그래서 충청 호크스의 모든 선수들은 안도했다.

동시에 한현덕 감독을 비롯한 고참급 선수들도 인정하지 않을 수 없었다.

"하여튼 저놈 컨디션 하나 때문에 팀이 들썩들썩한다니까. 인마! 이상진!"

"예, 감독님. 왜 부르세요?"

"이제 몸은 좀 괜찮냐?"

"당연히 괜찮죠! 오늘도 9회까지 맡겨만 주십시오!"

자신만만한 대답이 돌아오자 한현덕 감독은 다시 웃음을 터뜨렸다.

아슬아슬하게 5위권 싸움을 하면서도 여유를 가질 수 있는 건 전부 이상진이라는 투수의 존재 덕분이었다.

그는 인정하고 있었다.

이상진은 실력으로 충청 호크스의 정신적인 지주이자 에이스가 됐다.

자신을 비롯한 팀원들 모두 이 녀석을 의지하고 있었다.

"너만 믿는다."

충청 호크스의 공격이 계속되는 가운데 한현덕 감독은 상진의 어깨를 두드려 주었다.

"감사합니다, 감독님. 그리고 잠깐 실례해도 될까요?"

"음? 그런가."

"감사합니다!"

상진은 허락이 떨어지자마자 바로 화장실로 직행했다.

"이거 믿고 싶은데……."

아직도 배 속에 남아 있는 잔재를 떨쳐 내는 소리에 한현덕 감독은 쓴웃음을 지었다.

믿는 자에게 복이 있다고 해도.

"믿어야 하나?"

솔직히 조금 불안했다.

상진은 사람 하나쯤은 가볍게 죽일 것 같은 투구를 연이어 갔다.

스스로 생각해도 무서울 정도의 투구였다.

'그래도 통증은 어느 정도 멎었다.'

[경고: 투구 수가 90을 돌파하여 체력이 5 하락합니다.]

[사용자: 이상진]

—체력: 100(−20)/110

—제구력: 94(−6)/100

—수비: 82(−4)

—최고 구속: 시속 155(−7)킬로미터

—평균 회전수: 2,387(−80)RPM

—보유 구종: 포심 패스트볼(A), 커브(A), 슬라이더(A), 체인지업(A), 투심 패스트볼(A)

—보유 스킬: 먹어서 남 주냐, 먹을 때는 개도 안 건드린다, 일찍 일어나는 새가 먹이도 많이 잡는다, 둘이 먹다가 하나 죽어도 모른다, 맛있게 먹으면 0칼로리

—남은 코인: 44

6회가 끝났을 때 투구 수는 90개를 넘어가고 있었다.

보통의 선발투수라면 어느 정도 역할은 해 준 셈이다.

하지만 상진은 썩 마음에 들지 않았다.

'컨디션이 좋지 않아도 최소한의 역할만 할 수는 없지.'

6이닝을 무실점으로 틀어막아서 퀄리티 스타트 요건은 이미 채운 지 오래였다.

하지만 상진은 이미 지나간 6이닝보다 앞으로 남아 있는 3이닝을 주목하고 있었다.

상대편 더그아웃을 흘끔 바라보면서 그는 씩 웃었다.

자신의 컨디션이 좋지 않단 사실을 저쪽에서도 이미 알고 있을 것이다.

그렇지 않고서야 아까처럼 연속으로 번트를 대며 자신에게 굴려 보내는 짓을 했을 리가 없다.

7회 말에 등판한 상진은 작게 미소를 지었다.

부산 타이탄즈의 팬들이 보내는 야유는 점점 더 거세지고 있었다.

하지만 그런 야유 정도는 아무것도 아니었다.

가볍게 몸을 풀면서 옛일을 떠올리면서 상진은 실밥의 감촉을 느끼며 가볍게 그립을 쥐었다.

'가장 서러운 건 팀을 응원하는 팬들의 야유를 받는 거지.'

과거 부상으로 인해 부진에 부진을 거듭할 당시에는 정말 서러웠다.

자신이 등판만 하면 상대 팀 응원석에서는 박수가 터져 나오고 같은 팀 응원석에서는 야유가 터져 나왔다.

환영받아야 할 곳에서는 비난받고, 비난받아야 할 곳에서는 환영받는 아이러니.

그런 일을 겪을 때마다 느끼는 비참함은 이루 말할 수 있는 게 아니다.

"이상진! 이상진!"

"너만 믿는다! 힘내라!"

3루 원정팀 관중석에서 들려오는 함성은 홈팀보다 훨씬 작았다.

그래도 충청 호크스와 자신을 응원해 주는 목소리는 귀에 쏙쏙 잘 들어왔다.

상진은 와인드업을 하며 힘차게 공을 뿌렸다.

파앙!

재환의 포수 미트에 공이 틀어박히며 경쾌한 소리가 울려 퍼졌다.

"스트라이크!"

타자의 헛스윙을 이끌어 내면서 포수의 미트에 공을 집어넣는다.

이 단순한 일을 위해 몇 년을 고생했는지 모른다.

"스트라이크!

혹자는 투수와 타자, 포수 사이에서 벌어지는 머리 싸움을 이해하지 못할지도 모른다.

그래도 자신은 이것을 위해서 살아왔다.

실밥의 감촉과 가죽의 매끈함, 그리고 오래 써서 약간 거칠어진 글러브의 감촉까지.

이 모든 것을 느끼며 상진은 전력을 다해 공을 뿌렸다.

"스트라이크! 타자 아웃!"

이 소리를 들을 때마다 야구를 하는 보람을 느낄 수 있었다.

*　　　　*　　　　*

투구 수가 100구를 돌파하자 충청 호크스의 불펜도 부산스러워지기 시작했다.

7회까지 무실점으로 끝냈다고는 해도 체력적인 면을 아예 무시할 수 없었다.

컨디션도 좋지 않은 이상진을 9회까지 끌고 갈 이유는 없었다.

"그나저나 7회까지 6피안타 4볼넷이라니. 그럭저럭 선방했네."

"그 정도 맞은 것도 억울해 죽을 판인데요, 후우."

가장 위험했던 건 6회에 이대룡을 상대로 홈런성 타구를 두 번이나 얻어맞은 일이었다.

하나는 폴대를 벗어나 파울 홈런이 됐고, 다른 하나는 워닝 트랙 앞에서 잡혔다.

지금까지 양팀 모두 득점이 없었기에 만약 홈런이 됐다면 타격이 컸을지도 모른다.

"이제 교체한다."

"감독님."

"불만이 있어도 안 돼. 너는 해 줄 만큼 해 줬어. 컨디션도 안 좋은데 더 끌고 갈 이유는 없다."

"그러면 8회에 올라가서 안타나 볼넷을……."

"하나라도 내주면 내려오겠다고? 둘 다 합쳐서 이미 10개나 내줬으면 됐다."

그리고 한현덕 감독은 그라운드를 내다보면서 말을 이었다.

"지금은 힘을 아껴 둬라. 가을 야구가 머지않았다."

그 말에 상진은 순간 심장이 두근거렸다.

가을 야구.

2009년부터 정식 야구 선수로 데뷔했고 팀 사정 때문에 깜짝 1군 데뷔까지 치르기도 했다.

하지만 단 한 번도 포스트 시즌 무대를 밟아 본 적이 없었다.

"아직 5위 싸움 중이잖습니까? 30경기도 넘게 남았고요."

"남은 일정을 고려해 본다면 여기에서 힘을 뺄 이유는 없다. 그리고 네 등판 일정도 와일드카드 첫 번째 경기를 고려해서 다시 짤 생각이다."

가슴이 두근거린다.

지금까지 11년 동안 뛰면서 야구로 느낄 수 있는 희로애락은 하나 빼고 전부 겪었다고 생각했다.

이제 마지막 남은 하나를 손 안에 넣을 기회가 찾아오고 있었다.

"힘이 남았다면 지금부터 비축해 두고 포스트 시즌에 다 퍼부어라. 물론 5위 싸움은 결코 지지 않을 거다. 나를 믿고 동료들을 믿어라. 그게 네가 지금 할 일이다."

"알겠습니다, 감독님."

한현덕 감독과의 대화를 끝으로 자신의 교체에 대해 납득한 상진은 더그아웃에 앉았다.

하지만 스포츠 음료를 벌컥벌컥 들이켜도 갈증이 가시지 않았다.

오히려 가슴의 두근거림은 더욱 강해졌다.

이건 그저 몸 안의 수분이 부족해서 생기는 갈증이 아니었다.

지금의 목마름은 이제 맞이할 포스트 시즌에 대한 기대감 때문이었다.

'가을 야구가 머지않았다.'

단 한 번도 서 본 적이 없는 포스트 시즌의 무대.

하지만 매년 꿈꿔 봤다.

수만의 관중 앞에 등판해 공을 던지는 자신의 모습을 꿈꾸기도 했다.

팀의 성적이 바닥을 기고 개인적으로도 기량이 곤두박질칠 때도 언제나 상상했다.

그 꿈이 이뤄질 때가 드디어 찾아오고 있었다.

팀 동료들이 9회에 점수를 내며 승리를 거두는 것을 보며 열띤 응원을 보내던 상진은 문득 하나 떠올렸다.

＊　　　　＊　　　　＊

"설사를 오지게 했다고?"

이야기를 들은 영호는 인상을 확 찌푸렸다.

게다가 약물류를 섭취했다는 메시지를 봤다는 이야기를 들으니 인상은 더할 나위 없이 험악해졌다.

"대체 어떤 새끼가 감히."

"이거였거든요."

치킨을 버리기는 했어도 붙어 있는 상표는 떼어 놓았다.

혹시나 싶었지만 단서가 될까 싶어서였다.

하지만 그날 들어서면서 상진에게 과자나 치킨 등 음식을 선물해 준 팬들은 서른 명에 가까웠다.

스쳐 지나가듯 주고 간 팬들인데 과연 기억할 수 있을까.

영호는 상표를 뚫어져라 바라보며 기억을 더듬었다.

저승사자를 하면서 수많은 사람을 만나 봤던 그로서도 확실하게 기억해 내는 건 무리였다.

하지만 아예 성과가 없는 건 아니었다.

"음, 어렴풋이 기억은 난다."

"정말이에요?"

"아마도? 다시 한번 보면 기억할 수 있을 거 같다."

누가 줬는지 확실하진 않더라도 한 번 더 얼굴을 본다면 기억해 낼 수 있을 것 같았다.

영호는 이를 벅벅 갈면서 길길이 날뛰었다.

"젠장. 어쩐지 네 상태가 거지 같더라. 그리고 너도 참 어처구니없다. 약을 먹었으면 얌전히 쉴 것이지, 어딜 경기에 꾸역

꾸역 기어 나가!"

"걱정해 주는 거예요?"

"쉣! 네가 경기를 말아먹으면 내가 흑월 사자님한테 잡아먹힐 지도 모르니까 그렇지!"

특히 해외 야구를 즐겨 보는 다른 저승사자들도 상진의 행보에 관심을 기울이기도 했다.

그런데 컨디션이 좋지 않아서 경기에서 패한다?

그렇게 되면 흑월 사자는 대번에 매니저라고 붙여 놨더니 선수 상태 하나 제대로 관리 못 하냐며 엄청난 내리 갈굼을 할지도 몰랐다.

"그나저나 몸은 괜찮냐?"

"다른 걸 계속 먹어서 배 속에 남아 있던 걸 찍어 눌렀거든요. 덕분에 화장실은 어지간히 다녀와야 했죠."

"막히지 않은 게 천만다행이다."

짜증스러운 표정으로 내뱉은 영호는 곰곰이 생각에 잠겼다.

대체 누가 상진에게 약을 먹이고 경기를 망치려고 시도한 것일까.

생각을 거듭해 봤지만, 인간 세상의 사회에 아직 익숙하지 않은 탓에 마땅히 떠오르는 게 없었다.

"너는 누가 이런 짓을 했을 거라 생각하냐?"

"저를 엿 먹여서 이득을 볼 사람이겠죠."

"음? 어떤?"

안 그래도 여기에 오면서 재환에게도 설사를 유발하는 약을 먹은 것 같다는 이야기를 했었다.

재환도 지금의 영호와 똑같은 반응을 보이면서 화를 냈었다.

"같은 팀 선수의 말로는 몇몇 후보가 있다고 했어요. 우선 의심을 할 수 있는 건 지금 5위 경쟁을 하고 있는 수원 매지션즈와 광주 내셔널스겠죠."

충청 호크스와 3경기, 4경기씩 남겨 두고 있는 두 팀은 이상진을 경계할 만했다.

하지만 이런 수를 쓸 만한 팀은 아니었다.

"그 두 팀 중에 누군가가 그랬다는 뜻이냐?"

"아뇨. 사실 재환이 형 말로도 그럴 가능성은 낮다고 했어요."

"이유는?"

"두 팀하고 경기가 아직 남아 있기 때문이죠. 자신들과의 경기에서 그런 수를 쓰면 모를까. 굳이 다른 지역 팀의 경기에서 비열한 수를 쓰지는 않겠죠?"

영호는 일단 수긍했다.

물론 의심받지 않기 위해서 일부러 그럴 수도 있다는 가능성은 배제하지 않았다.

"그럼 다른 의심은?"

"불법 도박에 관련된 조폭이나 회사일지도 모른다고 하더라고요."

"불법 도박?"

"네. 승패를 맞히거나 점수를 맞혀서 돈을 버는 거죠. 원래 공식적으로 인정받은 곳이 있긴 한데, 몰래 뒤에서 하는 편이 세금도 안 내고 돈도 더 버니까요."

"흐음."

이 말을 들으니 후자 쪽에 더 무게감이 실렸다.

스포츠로 승부를 보는 구단들은 약을 쓰는 비열한 짓보다는 정면으로 승부하려 할 것이다.

올해 야구를 보기 시작했어도 영호도 스포츠맨십이라는 걸 알고 또 존중했다.

하지만 불법 단체라면 이야기가 다르다.

불법이라는 말이 붙을 정도라면 약을 쓴다거나 혹은 더 비열한 방법을 써 올지도 모른다.

"앞으로는 음식도 좀 조심해 둬야겠다. 선물 받는 건 일단 받아 두고 나중에 버리든가."

"아니! 음식을 왜 버립니까? 먹어야지."

"이놈은 뒤로도 모자라서 앞으로도 좍좍 게워 내야지 정신을 차릴 거냐! 설사약이 아니라 마비약 같은 거면 어쩌려고!"

"혹시 저승사자는 음식에 약이 들어 있는지 확인할 방법이 없습니까?"

"없어! 인마! 저승사자가 무슨 독극물 감식반도 아니고!"

팬들이 주는 음식을 조심하자는 말에도 꿋꿋하게 먹겠다는 상진에게 결국 폭발해 버렸다.

영호는 씩씩거리면서 태평스러운 표정을 짓는 상진을 지그시 노려봤다.

"우선은 그놈들을 잡는다."

"어떻게요?"

"잘!"

분노에 가득 찬 음성으로 대답을 한 영호는 분노의 화살을 다른 곳으로 돌렸다.

*　　　　*　　　　*

"어떻게든 수습했습니다."

"빌어먹을."

이상진이 등판하는 날에 충청 호크스의 패배는 없다.

이 공식을 뒤집고 한탕 하려고 했던 그들은 이번에 사업을 뒤엎을 뻔했다.

이번에 억대의 돈을 동원해서 충청 호크스와 이상진의 패배에 걸었다.

그런데 그게 이렇게 망할 줄 누가 알았겠는가.

"대신에 다음에 또 문제가 생기면 튀어야 할지도 모릅니다."

"어차피 서버는 해외에 두고 있으니까 상관없어. 그래도 투자자들은 놓치면 안 되는데."

대규모 베팅 사이트를 후원해 주는 후원자들이 있고 사이트를 옮길 때마다 찾아와서 베팅해 주는 고객들도 있었다.

그들을 전부 버리고 새로 출발하는 건 어렵지 않지만, 아까운 것도 사실이었다.

"그런데 정말 또 하실 생각이십니까, 정규 형님?"

"해야지! 이상진으로 잃은 돈은 이상진으로 메운다. 모르냐?"

정규는 이를 갈면서 스마트폰을 노려봤다.

거기에는 이상진의 20승 달성이 가능한지에 대해 논하는 뉴스가 있었고, 정중앙에 이상진이 웃고 있는 사진이 있었다.

"다시 저놈한테 약을 먹이고 이번에야말로 베팅을 성공한다."

두 번은 안 된다

하루 전에 있었던 일은 싹 잊어버린 듯 상진은 훈련에 매진했다.

아무리 시스템이 있다고 해도 훈련을 게을리하지 않았다.

아니, 이제는 버릇이 되어 하지 않으면 오히려 몸이 근질거렸다.

"오늘도 일찍 나왔네?"

상진에 이어서 오늘 선발로 등판하는 인재가 트레이닝을 하러 들어오다가 흠칫 놀랐다.

생각보다 일찍 일어나서 그냥 일찍 나와 봤는데 더 벌써부터 상진이 있을 줄 몰랐다.

"형도 일찍 왔는데요? 원래 한두 시간 후에 나오잖아요. 웬

일이에요?"

"웬일이긴. 그냥 일찍 깼어."

"그래요? 저도 좀 빨리 일어나서 일찍 나왔어요."

인재는 가방을 내려놓으면서 피식 웃었다.

말하지 않아도 느낄 수 있었다.

그때 충청 호크스의 선수들이 연이어 트레이닝 룸으로 들어왔다.

서로 인사를 주고받으면서 그들 역시 쓴웃음을 지었다.

다들 약속이라도 한 듯 일찍 나와서 트레이닝을 시작했다.

어째서인지는 서로 묻지 않아도 알고 있다.

가을 야구가 이제 손에 잡힐 듯한데, 다들 잠이 올 리가 없었다.

"그런데 몸은 좀 어때?"

"안에서 부글거리는 건 죄다 먹어서 밀어냈죠."

"참 대단한 놈이다. 어떻게 그걸 먹어서 밀어낼 생각을 하냐."

인재는 감탄하면서 가볍게 운동을 끝냈다.

오늘 선발로 등판하기에 운동은 몸을 풀 정도면 적당했다.

물론 눈앞에 있는 괴물 녀석은 예외였다.

"너무 심하게 하는 거 아니냐?"

"그래요? 늘 이 정도로 해 둬서요."

"어제 선발로 100구 넘게 던졌으면 회복하는 데 전념해라. 메이저 가기 전에 쓰러질라."

이렇게 얘기하면서도 왠지 지긋지긋한 기분이었다.

체력이 쉽게 소모되는 여름에도 상진의 모습은 변함이 없었다.

오히려 체력이 부족하다면서 강도 높은 훈련을 반복했다.

물론 훈련으로 시간을 때우는 게 아니라, 트레이너들과 상의하며 적당한 회복 시간도 가졌기에 이런 결과를 얻은 게 아닌가 싶었다.

"아, 그리고 지난번에 네가 했던 얘기. 그동안 연습 좀 해 봤다."

"어? 시즌 중에는 못 한다고 그러지 않았어요?"

인재가 전혀 뜻밖의 말을 하자 상진은 운동기구를 멈추고 눈을 동그랗게 떴다.

"아예 손을 못 댈 정도로 시간이 없진 않았으니까."

"이야, 오늘 경기에서 볼 수 있는 거예요?"

"보여 줄까?"

상진의 조언이 핵심을 벗어난 적은 거의 없었다.

부상으로 인해 떨어진 기량으로 고생할 때도 같은 팀과 상대 팀의 분석만큼은 전력 분석원 뺨치는 수준이었다.

오죽하면 프런트에서 은퇴시키고 전력 분석원으로 쓰자고 했을까.

시즌 중에 자신의 스타일을 급하게 바꿀 수 없다고 말했음에도 인재는 간간이 연습하는 걸 게을리하지 않았다.

급격하게 발전하는 후배를 보며 질투하기도 했고 그 노력이 감탄스럽기도 했다.

그래서 자신도 나름대로의 성과를 거두기 위해서 더욱 노력하고 땀을 흘렸다.

"오늘 기대해 봐."

＊　　　　＊　　　　＊

인재는 충청 호크스에서 밀어주면서 동시에 기대만큼 성장하지 못한 선수 중 하나였다.

상진이 불운한 부상으로 인해 기량이 쇠락했었다면 인재는 포텐을 제대로 터뜨리지 못하고 만년 유망주로 세월을 보내고 있었다.

그렇기에 더욱 절박했다.

껍질을 깨뜨리지 못하는 선수는 결국 뒷물결에 밀려날 수밖에 없다.

가만히 정체되고 있기만 한다면, 끝없이 경쟁을 해야 하는 승부의 세계에서는 도태된다.

ㅡ장인재 선수! 오늘 8타자 연속 범타 처리합니다!

그래서 늘 고민하고 또 발전할 수 있는 자신을 찾으려 노력했다.

어떻게든 껍질을 깨뜨려 보려 노력했다.

결과로 제대로 보여 주지 못하더라도, 후배들에게 밀려나 점점 설 자리가 좁아져 가도.

인재는 계속 노력했다.

─어제 이상진 선수의 컨디션이 좋지 않더니 역으로 장인재 선수가 물이 올랐네요!

그리고 오늘에서야 그동안 거두지 못한 열매들을 하나씩 수확하고 있었다.

"아웃!"

높이 솟아오른 공을 2루수 정은일이 가볍게 잡아 내며 아웃 카운트를 늘렸다.

5회에 올라와서 벌써 2아웃.

그리고 투구 수도 평소보다 10개는 적게 소모하고 있었다.

─오늘 포크볼의 제구가 환상적입니다! 대구 스타즈의 선수들이 맥을 못 추네요!

─그런데 저건 포크볼도 아니고 커브도 아닌데요. 어떤 구종인지 혹시 아십니까?

─약간 다르긴 한데 저건 스플리터입니다. 장인재 선수가 주력으로 쓰는 포크볼은 아무래도 팔꿈치에 무리가 많이 오기 때문에 부상 위험이 높은 편이죠.

─그렇다면 시즌 중에 새로운 구종을 장착했다는 말이군요.

새롭게 스플리터를 장착한 인재는 실전에서 신나게 써먹었다.

물론 마구잡이로 던지는 건 아니었다.

포크볼과 잡는 그립이 비슷하면서 동시에 전혀 다른 구종이기 때문에 신중하게 섞어서 던졌다.

'배우기를 잘했어.'

스플리터는 생각보다 대중적인 구종이 아니어서 배우는 데 애를 먹기도 했다.

그립 잡는 법도 코치들이 아니라 후배인 이상진에게 배웠을 정도였다.

하지만 실전에서 써먹을 정도의 수준까지 올라오니 그 위력을 실감했다.

탑스핀이 걸리는 포크볼과 다르게 백스핀이 걸리는 스플리터는 포크볼을 주력으로 사용했던 자신이었기에 더 위력적이었다.

이번 경기에서도 포심 패스트볼과 포크볼, 그리고 스플리터를 섞어서 사용하니 타자들이 도저히 감을 잡지 못하고 있었다.

"스트라이크! 타자 아웃!"

"좋았어!"

5회 마지막 타자를 삼진으로 잡아낸 인재를 주먹을 불끈 쥐며 환호했다.

그리고 더그아웃에서 두 팔을 번쩍 들어 올리며 환호하는 상진을 바라보며 다시 한번 환호성을 터뜨렸다.

"인재 형! 오늘 최고예요!"

"스플리터 기가 막히는데요?"

"이 자식! 이제야 터지는구나!"

더그아웃에 돌아오자마자 다들 축하해 주기 바빴다.

5이닝을 무실점으로 틀어막고 승리투수의 요건을 갖추는 것도 참 오랜만이었다.

가볍게 손이 떨리는 걸 진정시키며 전광판을 바라봤다.

오늘 경기에서 승리한다면 충청 호크스의 전적은 53승 52패가 된다.

자신의 손으로 5할을 넘기는 분수령을 맡고 있단 사실에 손은 진정될 기미를 보이지 않았다.

"이거 마셔요."

"어? 아!"

상진이 건네주는 스포츠 음료를 받아 들던 인재는 그만 그걸 떨어뜨리고 말았다.

서둘러 주워 든 인재는 아직도 덜덜 떨리는 손을 주체하지 못했다.

그걸 보다 못한 상진은 음료를 받아서 대신 뚜껑을 따서 들려 줬다.

"오늘 던진 스플리터 덕분에 너무 잘 풀려서 기분 좋아요?"

"그럼. 당연히 좋지."

"투구 수도 이제 70개 막 넘겼는데, 이제 맞는 일만 남았네요?"

"시끄러워. 잘 풀리는데 어딜 와서 막말이냐?"

으르렁거리면서 인재는 거칠게 음료수를 들이켰다.

식도부터 위장까지 타고 내려가는 음료수에서 시원하고 상쾌한 기분을 느꼈다.

"그나저나 이제 두 바퀴 돌았으니까 스플리터에도 대비해 올 거예요."

"흐음."

오늘 처음 선보이기는 했어도 70구 중에 20구 가까이 되는 공을 스플리터로 던졌다.

웬만한 타자들은 이제 눈에 익을 때도 됐다.

안 그래도 다음 대비를 어떻게 해야 할지 고민하고 있었던 차에 오늘 주전으로 나온 재환이 둘 사이에 끼어들었다.

"어떻게 하게? 포크볼하고 스플리터하고 계속 섞어서 쓰면 오래 못 던져."

안 그래도 포크볼은 팔꿈치에 무리가 가는 구종이다.

지난번에도 부상 때문에 선발 로테이션을 한차례 걸렀던 인재로서는 또다시 부상당할 위험을 감수할 수 없었다.

"차라리 커브를 던질까?"

"그러는 편이 좋기도 하고. 재환이 형, 오늘 인재 형 제구력은 어때요?"

"음, 그럭저럭? 100점 만점에 70점 정도 주고 싶은데."

"그러면 커브도 던지는 편이 좋겠네요. 포크볼을 좀 줄이고 대신에 커브 비중을 늘리죠."

재환과 두 투수가 서로 다음 패턴을 어떻게 할지 의논하는 모습을 지켜보던 한현덕 감독은 너털웃음을 터뜨리고는 그라운드를 바라봤다.

그리고 타자들에게 다음 공격에 대한 사인을 보내고 다시 셋을 바라봤다.

주위에 있던 어린 투수들은 셋의 대화를 옆에서 귀 기울여 듣고 있었다.

"좋은 모습이지 않습니까?"

"늘 보는 모습인데, 뭘. 그래도 요새는 투수조 모임도 많이 활성화됐다고 하던데."

"별일 없으면 투수조 전체가 참석하는 모양입니다."

원래 이상진이 주최해서 전력을 분석하고 서로 조언을 주고받는 모임은 있었다.

하지만 거기에 참가하는 선수들은 생각보다 적었다.

그 이유는 여러 가지가 있었지만 무엇보다 컸던 건 주최 당사자인 이상진의 실력 문제였다.

그런데 올해 폭풍같이 성장하며 한국 프로야구 2019 시즌을 씹어 먹는 기염을 토했다.

그러니 다른 선수들이 몰려드는 건 자연스러운 현상이었다.

"그럼 6회까지로 생각해 두는 편이 쉽겠네."

"결정구는 스플리터로 할 거죠?"

"아마도 그렇지 않을까? 재환이가 사인 주는 대로 해야겠지만."

"패스트볼 구속이나 더 떨어지지 않게 팔 관리나 해라."

서로 티격태격하면서도 열심히 의견을 주고받던 인재는 심판의 공수 교대 신호가 들려오자 자리에서 일어났다.

아까 손을 떨며 바짝 긴장한 모습은 온데간데없이 사라졌고 얼굴에는 여유가 가득했다.

"6회도 잘 부탁한다."

"알겠습니다, 감독님!"

인재는 6회에도 무실점을 기록하며 승리투수 요건을 지켜냈고 뒤이어 등판한 불펜진이 1실점만 기록하며 4 대 1로 무난한 승리를 가져갔다.

충청 호크스의 품 안으로 가을 야구가 서서히 다가오고 있었다.

*　　　　*　　　　*

매일같이 똑같은 시간에 기상해서 똑같은 패턴으로 훈련을 반복한다고 해도 상진 역시 사람이다.

침대에서 잠에 취해 뒤척거리던 상진은 갑자기 울리기 시작한 벨소리에 정신이 들었다.

"아, 시바. 뭐야?"

휴대폰을 들어서 보니 모르는 번호가 찍혀 있었다.

짜증스러운 손길로 버튼을 밀어서 전화를 받았다.

"여보세요?"

ㅡ상진이냐? 이야, 오랜만이다.

"누구신데 저를 아는 겁니까?"

평소에는 영호에게 휴대폰을 맡겨 두기에 모르는 번호의 전화를 받는 경우는 거의 없었다.

하지만 영호는 아직 오지 않았다.

ㅡ나야 나! 이진성! 고등학교 때 같은 야구부였던!

"아아, 진성이? 네가 내 번호는 어떻게 알고?"

ㅡ어쩌다 보니까 전해 들어서 알게 됐지. 이야, 진짜 네가 이렇게 될 줄은 꿈에도 몰랐다. 정말 축하한다.

정말 오랜만에 듣는 반가운 목소리였다.

고등학교 때 같은 야구부에 소속되어 함께 3년을 지냈던 친구였다.

진성이 군대에 가기 전까지는 자주 연락하다가 그 이후로는 뜸해졌었다.

물론 자신도 부상 이후 재활에 전념하느라 고등학교 때 친구들과의 연락은 대부분 끊어졌다.

"축하해 줘서 고맙다. 너는 요새 뭐 하고 지내냐?"

ㅡ나? 나는 그냥 여기저기 알바하다가 얼마 전에 아는 형님한테 도움받아서 취업했지.

"잘됐네."

진성은 아쉽게도 드래프트에서 지명을 받지 못했다.

대학교로 진학을 했어도 마찬가지였기에 불투명한 미래를 안고 사회에 나와야 했다.

그런 친구가 오랜만에 연락을 해 왔으니 상진으로서도 무척이나 반가웠다.

─친구들도 네 얘기 많이 하더라.

"그래. 다들 프로가 되지 못했으니까."

─너 먹을 거 좋아한다면서? 혹시 오늘 저녁 괜찮냐? 엊그제 선발로 뛰었으니까 시간 괜찮지 않냐?

시간이야 당연히 괜찮았다.

정상적인 선발 로테이션을 돌린다면 삼 일 후에야 등판하게 된다.

"그러면 오늘 저녁에 보도록 하자."

전화를 끊고 침대에서 일어난 상진은 식탁 의자에 앉아있는 영호를 발견하고 가슴을 쓸어내렸다.

"애 떨어지겠네. 언제 들어왔습니까?"

"한참 전에. 그리고 그 전화는 뭐냐?"

"고등학교 동창요. 오랜만에 연락이 닿았는데 얼굴이나 한번 보자네요."

영호는 심드렁한 얼굴로 상진을 쏘아봤다.

그리고 한마디 툭 던졌다.

"나도 같이 간다."

*   *   *

오랜만에 만난 진성은 상진을 보자마자 꽉 끌어안았다.

"이야! 중계로만 보던 것하고는 완전히 딴판인데?"

"빈말이라도 고맙다, 짜슥아. 그런데 너는 옛날하고 다르게 배가 나왔다?"

"시끄러. 운동을 관뒀으니 당연한 거지."

고깃집에서 만난 친구는 생각보다 배가 나와 있었다.

상진은 장난스럽게 옛 친구의 배를 툭툭 두드려 보고는 마주 앉았다.

그리고 옆에 온 중년 남자의 얼굴을 빤히 바라봤다.

"그런데 이분은 누구신데?"

"응? 아아, 나랑 같이 사업하시는 형님이야. 네 팬이라서 어떻게든 뒤따라오려고 하시더라."

왠지 모르게 자신을 관찰하는 듯한 기분이 들었다.

상진은 고개를 갸웃거리면서 일단 손을 내밀며 인사를 했다.

"반갑습니다, 이상진입니다."

"정말 이상진 선수이신가요? 정말 만나 뵙고 싶었습니다!"

왠지 모르게 어색한 반가움이었다.

그동안 만나 본 팬들은 자신을 만나면 정열적인 눈빛을 보내오며 부담스러울 정도로 들이대거나, 혹은 자기 자신을 억제하는 모습이 역력했다.

그런데 눈앞의 남자는 들이대지도, 절제하지도 않는 모습이었다.

'마치 사람을 계산적으로 보는 듯한 기분이야.'

왠지 모를 찝찝함을 느끼며 상진은 자리에 앉았다.

진성은 호들갑스럽게 떠들며 열심히 고기를 구웠고, 상진은 옛날이야기를 하나씩 꺼내며 대화를 이어 나갔다.

그리고 옆에 있는 남자도 은근슬쩍 대화에 참가하며 어느새 3명이 서로 이야기를 주고받는 형태가 됐다.

"그럼 오늘 즐거웠습니다. 진성아, 너도 나중에 보자."

"그래. 나중에 또 보자."

중년 남자는 슬쩍 고개를 숙였다.

왠지 모를 찝찝한 만남은 그렇게 끝났다.

자신의 차로 돌아온 상진이 차에 타자 비어 있던 조수석에서 마치 아지랑이가 형태를 갖추듯 사람이 하나 나타났다.

"수고했다."

"그런데 왜 이래야 합니까? 오랜만에 보는 친구인데."

"그럴 필요가 있으니까."

영호는 잠시 생각을 정리했다.

저승사자의 눈으로 사람을 보면 전혀 다르게 보인다.

상진은 그래서 특별하기까지 했다.

자신이 정한 목표를 향해서 자신의 영혼마저 불살라 버릴 노력을 기울이는 남자였다.

그렇기에 마음에 들어 했고, 상사의 명령이 있다고는 해도 매니저가 되어 인간 세상에 머무르는 고생까지 받아들였다.

"네 친구나 그 남자. 뒤에 뭔가 있어."

"그게 뭡니까?"

"그러니까 그걸 알아봐야지. 이번 일은 나한테 맡겨라."

영호는 다시 보통 사람의 눈에 보이지 않게 영체화하면서 말했다.

"나는 네 매니저니까."

*　　　　　*　　　　　*

차를 타고 사무실로 돌아온 엄정규는 겉옷을 넘기고 자신의 자리에 턱 앉았다.

부하가 눈치 빠르게 물을 가지고 오자 그걸 받아서 단숨에 들이켜고 짜증스러운 표정을 지었다.

"잘 안 되셨습니까?"

"새꺄, 이게 무슨 한두 번 공구리 쳐서 될 일이냐? 두 번, 세 번 더 만나 가면서 잘해 봐야지."

고등학교 동창을 이용해도 그동안 죽어라 연락이 안 됐었다.

그랬던 이상진과 만나게 됐으니 굳이 설사약을 동원하는 방법에 구애받을 필요는 없었다.

"진성아, 잘했다. 이거 가져가라."

"감사합니다! 형님!"

"뭘, 이거 가지고. 이번 일이 잘 풀리면 네 빚도 어느 정도 탕감해 주마. 쯧, 남자 새끼가 어디서 그렇게 돈을 끌어 써 가지고."

툭 하고 던져 준 건 100만 원이었다.

진성이 사채로 빌린 돈은 무려 3천만 원.

하지만 이자가 붙고 또 붙다 보니 순식간에 억에 달하는 금액이 되어 버렸다.

그때 정규가 나타나서 빚을 대신 감당해 주는 대신에 조건을 걸어왔다.

바로 고등학교 동창인 이상진과 만나서 승부 조작을 제안하라는 것.

"어차피 이상진한테 바라는 건 몇 개 없어. 첫 타자를 볼넷으로 내보내거나, 아니면 1회에 1실점하는 것 정도만 바라면 되잖냐. 한 번만 해 주면 네 빚도 없어지고, 이상진도 돈 좀 벌고 우리도 벌고. 누이 좋고 매부 좋은 일 아니겠냐."

"당연한 말씀이십니다."

"그러니까 네가 자주 만나면서 설득해 봐라. 알겠지?"

"여부가 있겠습니까!"

진성은 지금 고등학교 동창에 대한 생각은 아무것도 없었다. 빚이 탕감된다면 아무래도 좋았다.

그리고 어차피 볼넷 하나, 1점 한 번 내준다고 해서 티가 나는 것도 아니다.

아무리 방어율 0점대를 기록하는 무적의 투수라고 해도 아예 실점을 내주지 않는 건 아니니까.

그는 이렇게 생각하고 있었다.

'흐음, 그렇다는 거군.'

그리고 아무도 볼 수 없는 곳에서 그들 모두를 지켜보고 있는 시선이 하나 있었다.

*　　　　　*　　　　　*

다음 진성이 상진과 만난 건 선발 로테이션이 한 번 더 지난 다음이었다.

연락을 받고 자리에 나간 상진의 얼굴은 묘하게 굳어 있었다.

"무슨 일로 만나자고 했어? 급한 일이라면서?"

"어어? 아아, 어."

반갑게 맞이하며 앞으로 나오던 진성은 상진의 얼굴을 보고 살짝 멈칫거렸다.

하지만 상진은 이내 밝게 미소 지으면서 친구와 악수를 나눴다.

"무슨 일인데?"

"일단은 식사나 하면서 이야기하자. 괜찮지?"

지난번에 고깃집에 갔었다면 오늘은 상진과 만나기 위해 진성이 특별히 알아 둔 횟집이 있었다.

솜씨 좋은 주방장의 칼질에 깔끔하게 손질된 회는 보는 것만으로도 입에 침이 고일 정도로 맛있어 보였다.

하지만 자리에 앉은 상진은 평소와 다르게 음식에 손을 대지 않았다.

"왜 그래? 일단 먹자니까."

"오늘 등판하는 날이라 잠깐 짬 낸 거다. 시간이 별로 없으니까 무슨 용건인지부터 들어 봐야겠다. 무슨 일로 부른 건데?"

친구의 태도가 생각보다 단호하자 진성도 들어 올렸던 젓가락을 내려놓았다.

머뭇거리면서 말을 할까 말까 고민하던 진성은 옆에 있던 물을 단숨에 들이켜고 한숨을 내쉬었다.

"미안하다."

"뭐가 미안한데?"

"그러니까… 나 좀 도와줄 수 있겠니?"

상진은 입을 다물었다.

명확하게 하겠다, 안 하겠다를 말하진 않았다.

"뭐를 도와달라는 건데?"

"그… 네가 등판하는 날에 첫 타자를 볼넷으로 내보낸다든가."

"나보고 승부 조작을 하라는 거야?"

"너, 너한테도 나쁜 일은 아닐 거야! 그쪽에서도 대가로 너한테 2천만 원을 준다고 했으니까!"

"그리고 2천만 원보다 훨씬 많은 돈을 챙기겠지."

너무 차가운 목소리에 진성은 정신이 번쩍 들었다.

"아니야! 오해야!"

"뭐가 오해야? 네가 말하는 건 승부 조작이야, 승부 조작!"

화가 머리끝까지 치밀어 오른다.

어쩌다가 고등학교 때 친구가 이렇게까지 타락했는지 이해할 수 없었다.

고등학교 시절 감독이 일부러 져 주라고 해도 오히려 짜증을 부렸던 녀석이 이렇게 변해 버렸다.

"그만 됐다. 더 이야기할 것도 없어. 그만 보자."

"상진아! 제발! 내가 빚이 있어서 그래! 제발 한 번만 도와주라. 응? 안되겠냐?"

"빚?"

"그, 그래! 내가 1억 정도 빚이 있어서 이렇게 됐어! 딱 한 번만 도와주면 안 되겠어?"

상진은 등을 돌린 채로 입술을 꽉 깨물었다.

어제 저승사자로부터 승부 조작에 개입되어 있다는 말을 들었다.

고등학교 때 감독이 조작 지시를 하면 함께 무시했던 친구였다.

그래서 말도 안 되는 소리라며 일축했더니 영호는 직접 가서 확인해 보라고 말했다.

'그런데 진짜일 줄이야.'

실망스러웠다.

그러면서도 동정심이 생겨나는 자신이 어처구니없을 정도였다.

옛날 같았다면 마음이 흔들려 들어줬을지도 몰랐다.

하지만 지금은 자신을 붙잡아 줄 동료가 하나 있었다.

"적당히 하고 나가자."

"후우."

진성의 눈에 보이지 않게 모습을 바꾸고 따라온 영호의 말에 상진은 고개를 돌려 친구를 바라봤다.

무릎까지 꿇고 자신을 향해 애원하는 시선을 보내는 진성을 물끄러미 바라보던 그는 고개를 돌렸다.

과거의 추억과 우정이 발을 붙들기는 했다.

하지만 메이저리그라는 꿈을 향해 움직이기 시작한 이상 중간에 걸림돌이 될 수 있는 일을 하고 싶지 않았다.

무엇보다 양심에 걸렸다.

"다 녹음해 뒀다."

"어쩌려고요?"

"신고해야지."

상진은 입술을 깨물고 아무 말도 하지 않았다.

이렇게 되리라는 건 이미 설명을 들어서 이해하고 있었다.

신고한다면 진성의 인생도 다시금 망가지게 된다.

하지만 옳지 않은 일인 걸 알기에 딱히 반대하지는 않았다.

"왜? 미안하냐? 미안할 것 하나 없다. 저건 불법이고, 양심에 어긋나는 짓이며 다른 사람들을 속이는 일이야. 그러니 오늘 선발인 놈은 오늘 경기나 신경 써라."

"후우, 알았어요. 그런데 제가 거절했으니 그쪽에서도 도망치려고 하지 않을까요?"

"내가 말했지?"

영호는 씩 웃으면서 엄지손가락을 치켜세웠다.

"나한테 맡겨 두라고."

*   *   *

정규는 진성이 돌아와서 일이 틀어졌다는 이야기를 하자 바로 분통을 터뜨렸다.

"이런 병신 같은 새끼가! 그렇게 쉽게 들통이 나?"

"이미 다 알고 온 것 같았습니다. 죄송합니다, 형님."

"이런 씁."

예전에도 비슷한 짓을 지시한 적이 있었고 잘됐었다.

다만 이번에는 지난번의 손해를 빨리 메워야 한다는 생각에 일을 급히 추진한 감이 있었다.

그 때문에 실패했을까.

짜증스러운 손놀림으로 머리를 휘적거리며 책상을 쾅쾅 치던 정규는 문득 떠오른 사실에 자리에서 벌떡 일어났다.

"야! 사무실에서 나간다. 다음 사무실로 이동해!"

"예? 왜요?"

"빡대가리 새끼가! 이상진이 이미 다 알고 거절한 거면 여기에 경찰이 들이치고 있을지도 모르잖아!"

"설마요?"

"닥치고 준비해! 바로 이동한다. 꼬리를 밟히면 안 되니까 미리 알아낸 루트로 이동해. 알았냐?"

옛날부터 교도소에 몇 번 드나들면서 다져진 육감이 맹렬하게 경고를 보내고 있었다.

여기에 있으면 위험하니 빨리 떠야 한다.

그리고 이 감을 믿고서 단 한 번도 후회한 적은 없었다.

사무실 안에 남아 있던 현금을 전부 상자에 담고 분주하게 움직이고 있을 때, 갑자기 사무실 문을 두드리는 소리가 들렸다.

"흡!"

"형님?"

다들 얼어붙었다.

그리고 정규도 설마 하는 얼굴이 됐다.

'벌써 왔을 리가! 빨라도 너무 빨라! 그러면 경찰이 아니야!'

적어도 사건이 벌어진 게 아니라 불법 도박 같은 일로 출동하는 거라면, 증거가 필요하다.

그리고 도박에 대해서는 전담팀이 있으며 일반 경찰서나 지구대에서 처리할 만한 안건도 아니다.

문 앞으로 나간 부하가 조심스럽게 물었다.

"누구십니까?"

"용건이 있어서 왔으니까 문 열어라."

지독하게 무례하고 제멋대로인 말투였다.

인터폰을 통해 밖을 바라보니 웬 남자가 서 있었다.

"일단 경찰은 아닌 것 같습니다만."

"대충 돌려보내."

"올 사람 없으니까 그만 돌아가쇼. 잘못 찾아온 거 같은데."

갑자기 찾아와서 다짜고짜 용건이 있다는 사람을 상대하는 일은 아무래도 좋았다.

지금은 철수하는 일이 급했다.

최대한 의심받지 않게 정중하게 대답하고 다시 안으로 들어가려던 부하는 콰직 하는 괴상한 소리에 몸을 굳혔다.

안에 있던 조직원들의 시선이 일제히 현관문으로 향했다.

"소, 소, 손?"

굳게 닫혀 있던 문틈을 비집고 들어온 건 인간의 손이었다.

그것이 사람의 손이라고 바로 깨닫지 못한 건, 그렇게 생각하기에 조직원들의 상상력이 빈약해서였다.

창졸지간에 벌어진 광경에 두 눈을 끔벅거리던 정규는 뒤늦게 그것이 손이라는 걸 깨닫고 소스라치게 놀랐다.

"미, 미친! 뭐야! 손이야?"

"열어 달라고 할 때 순순히 열어 주든가. 꼭 일을 번거롭게 만들고 있어, 개자식들이."

이중으로 장치가 된 문이 끼긱거리며 강제로 열리고 있었다.

사람의 손이 문을 뜯어내는 비상식적인 광경을 바라보며 조직원들의 얼굴은 새하얗게 질렸다.

"누, 누구야!"

"나 말이냐?"

안으로 얼굴을 들이밀며 영호는 안에 있는 사람들의 얼굴을 확인했다.

그 안에는 상진이 먹고 체했다는 치킨을 줬던 놈들도 있었다.

이걸로 혐의는 확정이다.

문짝을 뜯어내고 안으로 들어온 영호는 이를 드러내며 히죽 웃었다.

"저승사자다."

*　　　　*　　　　*

—날씨가 선선해지는 8월 말, 오늘도 KBC 스포츠에서 중계를 맡게 된 김연우입니다.

—오늘 경기도 이상진 선수가 등판하는 날이네요.

—지난번 경기에서 이상진 선수의 컨디션이 최악이었던 걸로 기억합니다만.

—한현덕 감독은 장염 때문에 고생했다고 하는데, 오늘은 과연 어떨지가 관건입니다.

몸을 가볍게 풀면서 상진은 그라운드에 나와 있는 상대 팀 선수들을 바라봤다.

가볍게 공을 주고받으며 캐치볼을 하는 그들의 얼굴에는 긴장감이 가득했다.

동시에 독기도 바짝 올라와 있었다.

오늘에야말로 자신을 잡아내겠다고 벼른 모양이었다.

'당연한 일이겠지. 5위권 싸움에 고작 2게임 차이니.'

5위 싸움을 하는 두 팀 간의 대결인 만큼 긴장감은 최고조였다.

광주 내셔널스 입장에서는 호크스의 에이스인 상진을 무너뜨리지 못한다면 이제 양 팀 간의 차이는 3게임으로 벌어지게 된다.

5위 싸움을 위해서는 자신을 반드시 무너뜨려야 했다.

물론 쉽게 무너질 생각은 없었다.

"최형오가 오늘따라 독이 바짝 올랐네."

재환도 같은 생각인 모양이었다.

바로 옆으로 다가온 그의 말에 피식 웃은 상진은 글러브를 집어 들어 손질하면서 투덜거렸다.

"그래 봤자 내가 할 일이 바뀌는 건 아니잖아요?"

"네 역할이 뭔데?"

"마치 숨 쉬듯 쉽고 빠르게 승리를 거머쥐는 거죠. 별다를 게 있나요."

재환은 웃음을 터뜨리면서 옆에 있던 육포를 하나 빼앗아 질겅질겅 씹었다.

보통의 투수들은 그날그날 퀄리티 스타트를 하는 게 목표라고 하거나, 승리투수가 되는 거라고 말한다.

그래서 상진이 삼진을 많이 잡는 거라든가, 6회만 버티는 거라고 말했으면 한 대 때리려고 했다.

'고작 1년도 안 되는 사이에 많이 변했어.'

에이스가 등판하는 날은 반드시 승리한다.

압도적인 힘으로, 마치 숨 쉬듯 자연스럽게 승리를 손아귀에 거머쥔다.

그것이 팀에서 절대적으로 인정받는 에이스가 할 일이다.

재환은 1년도 안 되는 사이에 실력만이 아니라 마인드까지 에이스로서의 면모를 갖추게 된 상진에게 진심으로 감탄했다.

"오늘은 어떻게 할 거냐? 패턴이나 정해 보자."

"별것 있나요? 타자한테 맞춰 가야죠."

오늘 선발 라인업을 본 순간, 이미 대응 방법을 머릿속에 그려 놓았다.

1번 타자로 나오는 박찬후는 이제 갓 제대해서 주전 자리를 꿰찬 선수.

콘택트형이고 힘도 있고 주루 센스도 있지만, 아직 경험이 부족해서 흔들어 놓는 투구에 쉽게 흔들린다.

2번 타자인 김선민은 팔이 약간 짧은 타입이다.

홈 플레이트에 바짝 붙어서 치지 않으면 바깥쪽 공에 대응하기 어려우므로 이 점을 적극적으로 공략할 필요가 있다.

그 외에도 3번부터 9번까지, 모든 데이터가 머릿속에 들어 있었다.

"그런데 어제 신문은 봤냐?"

"귀찮아서 안 봤어요. 뭐가 나왔는데요?"

"그냥 어떤 기자의 헛소리지. 네 호투가 투고타저 덕분이라고 하더라."

「이상진의 호투는 투고타저 시즌의 영향 덕분」

이런 제목이었던 걸로 기억했다.

물론 재환은 저걸 헛소리로 치부했다.

올해 이상진 다음으로 자책점이 낮은 선수는 인천 드래곤즈의 김강현, 그다음이 광주 내셔널스의 양헌종이다.

각자 2점대 중후반을 마크하는데 상진은 그것보다 압도적인 0.11의 평균 자책점을 기록하고 있었다.

"말도 안 되는 헛소리를 하길래 전화를 걸까 하다가 참았다."

"잘 참았어요. 괜히 기자들 건드려서 얻을 건 없어요."

"하아, 또 생각하니 열불 나네. 더그아웃 안에 스마트폰을 못 가지고 들어오는 게 다행이지. 지금이라도 나가서 댓글 쓰고 올까."

"푸하하, 됐어요. 오늘 이기면 되죠. 그리고 투고타저인 건 맞잖아요?"

고작 기자의 기사 한 줄에 흔들릴 만큼 상진의 멘탈은 연약하지 않았다.

세간에서 뭐라고 떠들어 대도 자신의 능력은 이미 성적이 증명해 주고 있다.

오늘도 관중이 경기장을 가득 메우고 있었다.

그리고 준비된 자리에서 관찰할 준비를 마친 스카우터들이 눈에 띄었다.

자리에서 일어난 상진은 장비 손질을 마친 글러브를 끼고 가볍게 손을 움직여 보며 상태를 체크했다.

"그러고 보니 20승까지 이제 2승 남았네? 얼마 안 남았는데 달성할 수 있겠지?"

남은 경기는 이제 22경기.

로테이션을 생각한다면 상진은 4경기 정도 출전하게 된다.

출전하는 경기에서 반만 승리를 거두어도 20승을 채울 수 있고, 오늘 승리한다면 1승만 남게 된다.

요새 같은 페이스를 생각하면 전승을 거두고 22승을 달성할 수 있다.

상진은 엄지손가락을 척 치켜들어 보였다.

"당연하죠."

충청 호크스의 타자들도 요새 타격 페이스를 조금씩 끌어 올리고 있었다.

무엇보다 불펜진의 체력 관리가 철저하게 이루어지는 점이 다행스러웠다.

물론 그건 상진이 거의 9이닝을 담당하며 불펜이 등판할 기회를 주지 않은 것도 한몫하고 있었다.

"그럼 올라가 볼까요?"

자리에서 일어난 상진은 기지개를 켜고 그라운드를 밟으며 말했다.

"승리를 쟁취해 보러."

*　　　　*　　　　*

　지명타자이자 4번 타자로 출전한 최형오의 얼굴이 일그러졌다.

　올 시즌이 끝나면 FA 계약을 맺을 예정인 김선민도 짜증스러운 표정을 지었다.

　무엇보다 외국인 타자인 마이클도 더그아웃에 돌아와서 배트를 거칠게 내려놓으며 욕설을 내뱉을 정도였다.

　"애초부터 투수의 공은 치라고 던지는 건 아니지만."

　저 정도면 언터처블이라는 말은 오히려 과소평가가 아닌가 싶었다.

　김기택 감독이 성적 부진으로 경질되고 새로 대행 체제로 돌입한 광주 내셔널스는 기세를 올려 현재 7위에 안착해 있었다.

　하지만 5위인 충청 호크스와 차이는 단 2게임.

　오늘 승리를 거두어 차이를 좁혀야 했다.

　"저 정도로 못 치는 공이었나."

　박형식 감독 대행은 혀를 차면서도 연신 이상진을 관찰했다.

　구종별로 투구 폼에 미세한 차이가 있단 사실은 이미 전력분석팀을 통해 파악했다.

　하지만 막상 타석에서 보면 타자들은 구분하지 못할 차이였다.

오늘 경기는 이번 시즌 이상진이 보여 준 퍼포먼스의 총집합이라고 해도 과언이 아닐 정도로 다채로웠다.

아직 4회밖에 되지 않았음에도 각양각색의 구종들이 각양각색의 폼으로 등장했다.

게다가 스트라이크존을 구석구석 이용하는 빼어난 제구력은 절로 감탄을 자아냈다.

오죽하면 상대 팀에게 적대적이기로 유명한 내셔널스의 팬들마저도 이상진의 호투에 간간이 야유만 할 뿐, 별다른 적대감을 드러내지 않았다.

무엇보다 충격적인 건 포심 패스트볼이었다.

가장 빠를 때와 가장 느릴 때의 구속 차이가 무려 14킬로미터에 달했다.

같은 폼으로 같은 구종을 던져도 다른 구속으로 날아오는 패스트볼에 타자들은 타이밍조차 잡지 못했다.

"고작 안타 하나라니."

4회까지 이상진은 안타 하나만 내주며 무실점 호투를 이어 가고 있었다.

그 안타 하나도 원래는 외야수 실책으로 기록되어야 하는데, 아슬아슬하게 안타로 기록이 된 것이었다.

전혀 마음대로 풀리지 않는 경기를 보면서 박형식 대행은 다시 혀를 찼다.

"지난번 타이탄즈처럼 하는데도 영 안타가 안 나오는군요."

"어쩌면 좋겠나?"

"방법이 없습니다. 치려고 무던히 애를 써도 칠 수가 없는걸요."

닥치는 대로 타자들을 잡아먹고 아웃 카운트를 늘려 나가는 모습은 어찌 보면 잔인하기까지 했다.

실제로 광주 내셔널스만이 아니라 이상진을 겪었던 타자들은 그 이후부터 슬럼프에 빠지는 일이 종종 있었다.

어떻게든 타격 페이스를 맞춰서 이상진의 공을 처 보려고 하다가 되레 자신의 밸런스가 무너진 것이었다.

"스트라이크! 타자 아웃!"

5회에 올라간 세 타자가 모두 아웃당하고 내려오자 박형식 대행은 나직이 한숨을 내쉬었다.

'포기할까.'

이기지 못할 경기이기에 포기할까 하는 강렬한 충동이 일었다.

스포츠맨십으로 따지자면 아무리 지는 경기라고 해도 최선을 다해야 했다.

하지만 이런 경기에 1군 정예들을 투입하면서 괜한 힘을 빼고 싶지 않았다.

5위 싸움을 벌이는 상황에서 괜히 이상진에게 타자들의 타이밍만 빼앗기고 싶지도 않았다.

"할 수 없지. 교대를 준비해 두게."

"설마 포기하시는 겁니까?"

"상대가 되겠나?"

5회를 끝마치고 마운드에서 내려가는 이상진의 뒷모습을 보며 박형식은 다시 깊은 한숨을 토했다.

"교대한다."

"감독님!"

"지금 우리는 5위 싸움이다. 이상진을 거르고 남은 경기를 잡아내는 게 우선이야!"

박형식 대행도 이렇게 물러나는 것이 분했다.

하지만 지금은 냉정하게 팀의 성적을 고려해서 움직여야 했다.

괜한 승부욕에 남은 경기마저 망치고 싶지 않았다.

"줄 건 주고, 얻을 건 얻어야지."

이길 수 없다면 피해야 한다.

아직 충청 호크스와 남아 있는 경기를 다 잡아내면 5위를 노려볼 만하다고 생각하며 박형식 대행은 상대 팀 더그아웃을 바라봤다.

그리고 포수와 이야기하며 웃고 있는 이상진을 보며 분루를 삼켰다.

'저런 투수가 하나 있었다면.'

이길 수 없음에 분해하면서도 탐나는 건 어쩔 수 없는 지도자로서의 본능이었다.

*   *   *

경기가 벌어지고 있는 그 시각, 영호는 도박업자들을 원 없이 두들겨 패고 있었다.

십여 명이나 되는 도박업자들은 너 나 할 것 없이 눈탱이가 밤탱이로 변한 채 사무실 곳곳에 나뒹굴었다.

"사, 살려주세요!"

정규는 절규하며 몸을 비비 틀었다.

처음에는 혼자인 걸 만만하게 보고 열 명이서 한꺼번에 덤벼 봤지만, 결과는 정반대였다.

도무지 상대가 되지 않았다.

얼굴에 주먹이 제대로 꽂혀도 저승사자라고 말한 상대는 눈썹 하나 까딱하지 않고 이쪽을 사정없이 구타했다.

몇 번이고 반항을 해 봤지만, 아무런 효과도 없었다.

결국 이쪽만 엉망진창이 된 채 구석에 처박혀야 했다.

"다시 한번 묻는다. 니가 약 섞으라고 한 새끼 맞지?"

"맞습니다! 그러니까 그만 때려 주세요!"

영호는 상진의 생각 이상으로 화가 나 있었다.

안 그래도 얼마 전에 상진이 설사약을 먹고 부진했을 때 저승에서 연락이 왔다.

'이상진한테 뭔 일 있냐?'

흑월 사자에게서 온 연락에 영호는 절로 식은땀을 흘려야 했다.

별 탈 없이 지나가긴 했어도 똑같은 일이 재발될 경우, 저승사자들이 단체로 출장 올지도 모른단 생각 때문이었다.

'흑월 사자님의 귀에 이 이야기가 들어가면 난 끝장이다.'

그래서 미리 싹 다 정리해 놓을 생각으로 움직였다.

찌그러져 있던 조직원들은 얼굴이 퉁퉁 부은 채로 훌쩍이고 있었다.

"야, 남자 새끼들이 질질 짜질 말고 닥치고 있어라."

"저, 저기. 대체 원하는 게 뭔지 알 수 있겠습니까?"

그때 바깥에서 시끄러운 소음이 들려오기 시작했다.

꽤 많은 수의 사람이 몰려오는 듯한 소리.

그걸 듣자 정규를 비롯한 불법 도박 조직원들의 얼굴이 새하얗게 변했다.

"혀, 혀, 형님?"

그들은 불안한 눈으로 영호를 바라봤다가 소스라치게 놀랐다.

영호가 있던 자리에는 아무도 없었다.

문으로 나간 흔적도 없었고, 이 사무실은 무려 5층이었다.

그런데 사람이 갑자기 연기처럼 사라져 버린 것이다.

앉아서 멍하니 굳어 있던 사이 소음은 점점 더 커졌다.

"경찰이다! 움직이지 마!"

*　　　　*　　　　*

밖으로 나온 영호는 줄줄이 체포되어 끌려 나가는 조직원들을 보며 담배를 입에 물었다.

저승에서는 모든 식물이 제대로 자라지 않아서 담배도 맛이 없었다.

그래서 역시 인간 세상에 나와서 피우는 담배는 최고였다.

"그러면 일단락은 된 건가?"

이상진의 이름으로 제보를 했고 저승사자들이 인간 세상에 만들어 놓은 연줄까지 동원했다.

영호는 스마트폰을 켜서 지금 진행 중인 상진의 경기를 틀었다.

그러면서 가슴 안쪽 주머니에 묵직한 감촉을 느끼며 씩 웃었다.

"이 정도 챙기는 건 괜찮겠지?"

*   *   *

경기는 스무스하게 진행이 됐다.

너무 쉬워져서 하품이 나올 정도로 여유 있었다.

광주 내셔널스가 주력들을 전부 교체했으니 당연한 일이었다.

그리고 상진은 문득 자신에게 맡겨 달라던 저승사자를 떠올렸다.

'그런데 뭘 어떻게 하겠다는 거지?'

일단 생각해 볼 수 있는 건 구단에 연락해서 경찰력을 동원하는 일이었다.

승부 조작 제의를 받은 다른 선수들도 대부분 그렇게 했다.

하지만 영호의 표정을 봤을 때는 그것 이상의 무언가를 할 생각인 모양이었다.

궁금한 건 그게 대체 뭐냐는 거였다.

'다른 저승사자들이라도 동원해서 패싸움이라도 하려는 걸까.'

대체 무슨 짓을 하려는 건지 감도 잡히지 않았다.

이런저런 생각을 하다 보니 당연히 집중력이 떨어졌다.

잠깐 잡념이 섞이는 바람에 손에서 공이 미끄러졌다.

"볼!"

폭투가 되긴 했어도 주자가 없어서 다행이었다.

포수 마스크 너머로 보이는 재환의 사나운 표정을 보며 상진은 손을 들어 미안하단 표시를 하고 다시 공을 받았다.

지금은 경기 중이고, 아무리 만만한 타자라고 해도 방심은 금물이었다.

'집중해야지. 집중! 집중! 집중!'

이번에는 경기에 온 신경을 기울여 공을 던졌다.

매끄러운 폼에서 터져나오는 위력적인 공은 상진이 원하는 대로 날아갔다.

"스트라이크!"

다시 한번 바깥쪽 보더 라인에 걸치는 스트라이크를 집어넣은 상진은 손쉬운 승부에 맥이 빠졌다.

5회까지 1안타밖에 치지 못한 광주 내셔널스는 선발 라인업의 절반 이상을 교체했다.

1군 타자들도 자신과의 승부를 장담할 수 없는데 1.5군, 혹은 2군급 타자들이 올라오니 승부욕이 뚝 떨어졌다.

[타자를 아웃시켰습니다. 21포인트가 지급됩니다.]

게다가 포인트 자체도 문제였다.

코인을 얻을 때마다 커트라인은 한없이 올라가는데, 상대 팀에서 의욕을 잃고 포인트가 낮은 타자들을 내보낸다.

최악의 상황이었다.

'그렇다고 대충할 수도 없는 노릇이고. 미치겠구만.'

[타자의 포인트를 표시합니다.]

[타자의 포인트는 24입니다.]

포인트를 확인한 상진은 신경질적으로 공을 한가운데에 박아 넣었다.

투심 패스트볼, 슬라이더, 포심 패스트볼이 경쾌한 소리를 내며 포수 미트 정중앙에 틀어박혔다.

화풀이처럼 던진 공임에도 상대 타자는 헛스윙만 할 뿐, 아무런 대처도 하지 못했다.

아니, 오히려 머리싸움을 하는 기색조차 없었다.

이쪽이 공을 던지면 그저 휘두르기만 했다.

상진은 상대의 2군 타자들에 대한 데이터가 거의 없었다.

그래서 맞춰서 던지기보다는 화풀이처럼 강한 구위로 찍어 누를 뿐이었다.

그런데 웃긴 건 그게 또 스트라이크로 들어갔다.

맹수와 사냥꾼 사이에서 벌어지는 먹고 먹히는, 스릴 있는 사냥이 아니라, 호랑이가 토끼를 발톱으로 찍어 누르는 듯한 일방적인 학살이었다.

'아, 포인트 고프다. 포인트 벌고 싶다.'

5회까지 던지면서 사이드암과 언더핸드도 섞어서 던지던 상진의 투구 폼은 이제 스리쿼터로 고정이 됐다.

괜히 다양한 무기로 상대할 필요가 없어졌다.

상진은 낮은 포인트에 솟구친 짜증을 삼진을 잡는 걸로 원 없이 풀었다.

*　　　　*　　　　*

경기가 흘러가는 모습을 가만히 지켜보던 한현덕 감독도 지시를 내렸다.

상대가 이미 전의를 상실하고 승부를 포기하는 듯한 모습을 보인 이상, 이쪽도 주전 선수들을 계속 투입하는 건 낭비였다.

지명타자로 뛰고 있던 김대균과 우익수로 뛰고 있는 윌리엄을 교체해 준 한현덕 감독은 곧이어 투수 교체 지시를 내리려고 했다.

하지만 상진은 그 지시에 고개를 가로저었다.

"더 던지겠습니다."

"네가 더 던질 이유는 없는데도?"

"이유는 많죠."

우선 포인트를 더 벌고 싶었다.

티끌 모아 태산이라고 했다.

자잘한 포인트라도 긁어모으면 코인 하나 정도는 어떻게든 더 마련할 수 있을 것 같았다.

그리고 팀을 위해서도 필요한 일이었다.

"불펜진의 과부하가 꽤 심하니까요."

"으음."

내셔널스에서 주전을 교체했을 때 생각해 둔 변명이었다.

상진의 말이 딱히 틀린 말은 아니었기에 한현덕 감독도 망설였다.

충청 호크스는 이상진의 등판일 외에는 승부를 팽팽하게 가져가다 보니 불펜진의 소모가 컸다.

게다가 아직 어린 선수가 많아서 그런지 체력 관리에 다들 힘겨워했다.

그 부담을 그나마 줄여 주고 있는 게 바로 상진이었다.

"오늘은 9회까지 전부 뛰겠습니다. 그러니 다른 불펜진은 푹 쉬게 해 두시면 됩니다."

"괜찮겠냐? 네가 그렇게 해 준다면 불펜진의 소모는 줄어들겠지만 네 소모가 더 커지는데 말이다."

뭐니 뭐니 해도 올해 호크스의 에이스는 이상진이었다.

안 그래도 완투와 완봉을 밥 먹듯이 하는 바람에 언론에서는 혹사가 아니냐는 이야기가 흘러나오고 있었다.

물론 선발로 등판하면 보여 주는 압도적인 투구는 그런 이야기를 사전에 틀어막았다.

"상관없습니다. 하도 오랫동안 겪어 보니까 체력 관리하는 건 일도 아니더라고요."

"쉬라고 해도 던지는 놈이 하여튼 간에. 고집불통도 정도가 있지."

감독의 말에 상진의 입가에 걸려 있던 미소가 더욱 짙어졌다.

저렇게 어쩔 수 없다는 듯이 말한다는 건 승낙했다는 뜻이다.

자신의 뜻을 관철시킨 상진은 그라운드에서 뛰고 있는 동료들을 바라봤다.

"가을 야구가 그렇게 신경 쓰이냐?"

"신경 쓰이지 않으면 이렇게 하지도 않죠."

가을 야구에서 반드시 업셋을 달성해서 우승이라는 대업을 이뤄내야 했다.

그걸 위해서 우선 자기 자신의 관리에 최선을 다하고 있었다.

"미리부터 알고 계셨으면서 뭘 그러세요. 알고 계셨으니까 로테이션도 이렇게 짜 놓으신 것 아니셨나요?"

"와일드카드전을 치러야 하니까 당연한 조정이지. 그러니 네 체력도 신경 쓰고 있는 거다."

충청 호크스에게 있어서 이상진은 기둥이었다.

이번 시즌이 끝나고 메이저리그에 갈지도 모른다는 게 아쉬울 따름이었다.

"공수 교대다. 나가 봐라."

상진은 한현덕 감독과 하이파이브를 하고 마운드로 향했다.

그리고 시스템에 표시된 메시지를 확인하자마자 인상을 팍 찡그렸다.

[타자의 포인트를 표시합니다.]

[타자의 포인트는 31입니다.]

잊고 있었던 짜증이 확 밀려왔다.

                    *   *   *

경기를 끝마친 상진은 수훈 선수 인터뷰를 나섰다.

그동안 계속 해서 이제는 너무 익숙해져 버린 수훈 선수 인터뷰였다.

하지만 방송사 직원들의 얼굴은 약간 당혹스러웠다.

'왜 저렇게 뿔이 나 있는 거지?'

9이닝 동안 1피안타 1볼넷으로 경기를 끝마쳤다.

노히트노런은 아니더라도 그에 버금가는 경기력이었다.

광주 내셔널스는 중간에 경기를 포기하고 2군급을 대거 출전시켜 신진 선수들의 경험을 쌓는 방향으로 선회했다.

그 정도로 압도적인 경기였다.

그런데 상진의 표정은 꽤히 좋지 않았다.

마치 무언가에 불만이 가득한 표정이었다.

그게 무엇인지 알 수 없었던 방송국 관계자들은 고개를 갸 웃거렸다.

"이대로 해도 될까? 뭔가 기분이 안 좋아 보이는데?"

"사고도 가끔 치는 선수인데 말이죠."

하지만 이미 수훈 선수로 뽑혔고 인터뷰는 필연적으로 해야 했다.

준비가 끝나자 리포터는 침을 꿀걱 삼키며 상진의 곁으로 다 가갔다.

"안녕하세요, 시청자 여러분. 김지혜 리포터입니다. 오늘 수 훈 선수로 꼽힌 이상진 선수와 인터뷰를 해 보도록 하겠습니 다. 안녕하세요, 이상진 선수."

"예, 안녕하세요."

"오늘 9이닝 동안 97구를 던지셨는데, 피곤하시진 않으신가 요?"

"가뿐합니다. 한 경기를 더 뛰어도 될 정도네요."

수훈 선수 인터뷰를 하는 모습을 보며 최재환과 장인재는 고개를 갸웃거렸다.

"쟤는 왜 그렇게 부루퉁하냐?"

"그러게 말이다."

"공 주고받으면서 사인에서 뭐 문제 있던 거 아니야?"

"아니. 내 사인을 밀어붙인 적도 없었어. 오히려 저놈이 막무 가내로 던져 댔는데."

안 그래도 한복판에 계속 날아 드는 공을 받아 내면서 짜증을 부린다는 건 느꼈었다.

그런데 그 이유를 도통 알 수가 없었다.

혹시 수훈 선수 인터뷰에서 그 이유를 말할까, 생각하며 재환은 상진의 인터뷰에 귀를 기울였다.

"오늘 9이닝 동안 무실점으로 완봉승을 거두셨는데 소감 한마디 부탁드립니다."

"솔직히 맥 빠지는 경기였습니다. 이렇게 쉽게 풀릴 줄은 몰랐거든요."

"예?"

순간 리포터가 당혹스러운 표정을 지으면서 눈을 동그랗게 떴다.

이건 사고다. 100퍼센트 사고다.

다들 이렇게 생각하면서 얼굴을 감싸 쥐었다.

하지만 이상진은 아랑곳하지 않고 도발적인 멘트를 이어 나갔다.

"오늘 경기는 제 완봉 기록을 한 경기 늘려주기 위한 것처럼 느껴졌습니다. 물론 자책점도 내려가서 기분이 좋네요."

그동안 좀 괜찮아졌나 싶었더니 또 시작됐다.

문득 뒤에서 살기 비슷한 분위기를 느낀 재환은 조심스레 고개를 돌렸다.

자신의 뒤에는 마치 절에 있는 사천왕상을 그대로 옮겨 놓은 듯한 얼굴을 하고 있는 한현덕 감독이 있었다.

"아하하, 이제 로테이션상으로 선발 등판은 세 경기 정도 남으셨네요. 남은 세 경기를 모두 승리하시게 되면 20승을 달성하게 되는데요. 달성 가능하시리라 생각하시나요?"

"물론입니다. 오늘 같은 경기만 계속된다면 이미 20승은 달성한 거나 다름없으니까요."

1.5군에서 2군 정도 기량을 가진 선수들을 계속 내보낸다면 20승 달성은 누워서 떡 먹기보다 쉬웠다.

물론 업적을 달성하게 되면 축하로 포인트와 코인이 지급되긴 할 것이다.

하지만 그동안의 경기를 오늘처럼 맥없이 보내기는 싫었다.

"저에게서 1점이라도 빼앗고 싶으신 분들이 많으리라 생각하는데요. 이제 시즌이 얼마 남지 않았고 저와 만날 팀도 이제 세 팀밖에 남지 않았네요."

불편한 심기가 고스란히 인터뷰에 드러나고 있었다.

동시에 자기 자신의 실력에 대한 자부심도 여과 없이 드러냈다.

"각자 팀의 사정이 있겠죠. 하지만 누가 어떻게 상대로 나오든 간에 저는 최선을 다해서 20승을 달성해 보도록 하겠습니다."

시즌에 20승 투수를 탄생시키고 싶지 않다면 죽을힘을 다해서 덤벼라.

상진은 이렇게 말하고 있었다.

"아아! 이상진 선수의 대단한 각오를 잘 들었습니다. 올해 20승 투수가 등장할지 정말 궁금하네요. 그럼 오늘 인터뷰는 여기에서……."

"아, 그리고 한마디만 더 해도 됩니까?"

피디와 카메라 감독은 얼른 끝내라며 손발을 마구마구 휘저었다.

리포터도 이번 한마디까지만 듣고 끝내겠다는 신호를 보내고는 딱딱한 미소를 지으며 물었다.

"이상진 선수의 마지막 멘트를 듣고 인터뷰를 끝내도록 하겠습니다. 어떤 말씀을 하시려고 그러시나요?"

"아, 별건 아닙니다."

헛기침을 하며 목을 가다듬은 이상진은 가슴속에 쌓인 불만을 나름대로 순화해서 내뱉었다.

"제 방어율이 좀 낮은 편이죠? 그래도 앞으로 내려갈 일밖에 없을 것 같습니다."

시즌 마지막에 상진은 팬들과 기자들을 열광하게 만드는 폭탄을 집어 던졌다.

상진은 공포스러운 표정을 짓는 PD와 리포터를 바라보며 만족스러운 미소를 지었다.

그런데 갑자기 방송국 관계자들이 뭔가 귓속말을 주고받으며 부산스러워지더니 이윽고 상진의 옆에 있던 리포터에게 쪽지를 건네줬다.

그걸 읽은 리포터는 눈을 동그랗게 뜨면서 시선을 돌렸다.

"이상진 선수, 놀라운 소식이 있네요."

"무슨 소식인가요?"

"불법 도박을 제보하셨다는 이야기인데, 일부러 숨기고 계셨던 건가요?"

"예?"

자신만만해하던 상진은 순식간에 얼빠진 표정을 짓고 말았다.

'이 저승사자는 대체 일을 어떻게 진행한 거야?'

＊　　　　　＊　　　　　＊

이제는 놀랍지도 않다.

한현덕 감독은 사방에서 날아오는 연락을 가볍게 씹으면서 감독실에 들어갔다.

그나마 21세기였기에 망정이지, 옛날에 자신이 현역 시절이었던 때였다면 아마 돌이 날아와 산을 이뤘을지도 몰랐다.

"반응은 어때?"

"팬들이야 인터넷에서 난리도 아니죠. 기자들도 신나게 기사를 써 내고 있는 중이고요."

송신우 코치의 말에 현덕은 다시 한숨을 내쉬었다.

원래 감독의 일은 고되고 힘든 법이지만, 상진과 엮이면서 한숨이 더 늘어났다.

"설마하니 불법 도박하고 연관이 됐을 줄은 몰랐네."

"그래도 알자마자 바로 구단에 연락을 한 모양이더군요."

"우리만 몰랐지만."

구단에 알리자마자 이 정도로 신속하게 일 처리가 될 줄은 몰랐다.

코칭스태프와 이상진, 그리고 선수단마저도 당황할 정도로 빠른 일처리였다.

물론 그 뒤에는 발에 땀나게 움직인 영호의 노력이 있었다.

"인터넷에서는 다들 재미있어 하는군요."

"인터뷰? 아니면 불법 도박?"

"둘 다입니다."

스마트폰을 켜서 본 인터넷 반응은 가관이었다.

「이상진의 승부 조작 고발, 신속한 대응으로 용의자 검거」

「자책점 1위 투수에게도 손을 뻗는 검은 유혹의 손길, 얼마나 문제인가」

──승부 조작 고발이라니! 역시 이상진답다! 우리 대투수 파이팅이다!

└진짜냐? 승부 조작 고발이 조작 아니냐?

└캬! 노력으로 얻는 연봉 생각하면, 푼돈으로 우리 상진이 매수는 절대 안 되지!

역시 인터뷰 때문에 불타오르고 있었다.

그리고 도박 관련 인터뷰로도 시끌벅적했다.

─캬! 이상진이 저렇게 얘기하니까 속이 다 시원하네.

ㄴ응, 5위 팀. 이제 6위로 내려갈 거야.

ㄴ저러다가 한번 시원하게 털려야 정신 차리지.

ㄴ그런데 국내에 어느 팀이 이상진을 털겠냐? 메이저 가도 있을까?

ㄴ너 상진맘이냐? 어디서 입을 털어? 메이저 가면 탈탈 털릴걸?

인터뷰를 일찍 자르지 못한 방송국 직원이 원망스럽기도 하고, 오늘 이상진의 불편한 마음을 캐치하지 못해 일찍 제지하지 못한 자신이 후회스럽기도 했다.

그래도 자랑스럽기도 했고 어처구니없기도 했다.

"하여튼 대단한 녀석이야."

"승부 조작은 알아도 쉽게 신고하지는 못하니까요. 정말 대견한 녀석입니다."

"저런 녀석을 데리고 있다는 것부터가 우리의 복이지. 다른 선수들도 혹시 승부 조작 제의를 받은 게 없는지 알아봐야겠어."

"안 그래도 박종현 단장이 개별적으로 조사한다고 합니다."

인성부터 실력까지, 게다가 마음가짐마저 성장했다.

그리고 이상진이 없으면 충청 호크스의 전력 반 이상이 날아가는 셈이 됐다.

그래도 이번 인터뷰는 좀 심한 감이 없잖아 있었다.

"상대 팀이 저렇게 나오니 짜증스러운 건 이해하겠는데, 이건 좀 심했잖아."

"그래도 이제 다른 팀들이 쉽게 눈치를 보지 못하게 됐잖습니까?"

"그건 그렇긴 하지."

5위 싸움을 하는 다른 팀은 물론이거니와 이제 순위 싸움과 관계없는 팀들까지도 자극을 받았다.

그들은 이상진이 등판하는 날에 더 이상 뒤로 뺄 수 없게 됐다.

"로테이션이 정상적으로 돌아가면 상진이는 이제 3경기 남은 건가."

"네. 인터뷰에서 이야기했듯이 3경기 모두 승리하면 20승 투수가 탄생하게 되는 거죠."

"아무리 144경기로 늘었다고 해도 미친놈이야. 난놈이고 미친놈이야."

현덕이 보기에도 상진은 갖출 수 있는 모든 것을 갖춘 투수였다.

전혀 다른 투구 폼으로도 거의 흐트러지지 않는 제구력.

웬만한 타자는 윽박지를 수 있는 구위.

그리고 구위가 통하지 않는 타자를 만나면 구속을 조절하며 심리를 읽어 절묘하게 범타를 유도해 낸다.

"그래서 이상진은 어쩌고 있대?"

*　　　　　*　　　　　*

　"이게 다 뭡니까? 먼저 가 있겠다더니 이러려고 일찍 온 겁니까?"

　집에 돌아온 상진은 탁자 위에 가득한 음식들을 보면서 어처구니없다는 표정을 지었다.

　엄청난 양이었고, 호화로운 메뉴들도 상당했다.

　눈대중으로 훑어봐도 가격이 가볍게 백만 단위는 뛰어넘을 것 같았다.

　그리고 영호는 한가운데에 앉아 그것들을 맛있게 먹고 있었다.

　"뭐긴, 먹을 거지. 들어와. 같이 먹자."

　"대체 돈이 어디서 나서 시킨 겁니까?"

　"어디서 나긴. 다 생기는 곳이 있으니까 시켜 먹는 거지. 네 돈 삥땅쳐서 시킨 거 아니니까 걱정하지 마라."

　"누가 그런 거 걱정한답니까? 그냥 궁금해서 그렇지."

　먹을 게 있으면 사양하지 않는다.

　올해 들어서 새롭게 생긴 상진의 신념이었다.

　집 안에 들어간 상진은 주저하지 않고 순살 치킨 하나를 집어 입 안에 넣었다.

　"음, 뜨끈하니 맛있네요. 시킨 지 얼마 안 됐나 봐요?"

　"방금 왔어. 다른 것도 방금 왔고. 아무튼 좀 먹자."

　먹을 때 잡담은 방해였다.

둘은 아무 말 없이 계속 먹기만 했다.

한참 동안 먹다가 어느 정도 배를 채운 상진이 다시 입을 열었다.

"그래서 무슨 돈이 났길래 이걸 시킨 겁니까? 저승사자들한테도 뭐 활동비 같은 게 나옵니까?"

"나오긴 나오는데 쥐꼬리만 하지. 이건 전부 내가 벌어서 산 거다."

"내가 아직 월급도 안 줬는데 뭘 어떻게 벌어요?"

"묻지 마라. 남자에게도 한두 가지 비밀쯤은 있는 거다."

뭔가 대답이 두루뭉술해서 기분이 상했지만 더 캐묻지는 않았다.

어차피 저승사자이니 뭔가 다른 방법이 있겠지 싶었다.

그래서 화제를 다른 걸로 돌렸다.

원래 보자마자 말하려 했지만, 산처럼 쌓인 음식에 잊은 일이었다.

"그래서 아까 그 일은 어떻게 됐어요?"

"그 일이라니?"

"나한테 설사약 먹인 놈들 잡는다니 어쩐다니 했잖아요. 그거 말이에요. 아까 얼핏 들으니까 전부 검거됐다는 거 같던데."

영호는 그 말을 듣고 피식 웃었다.

안 그래도 아까 주물러 준 그놈들의 처참한 얼굴을 떠올리니 웃지 않을 수가 없었다.

"그건 잘 해결됐다. 불법 도박 하는 놈들이니까 법이 알아서 처리해 주겠지."

"내가 궁금한 건 대체 그놈들을 어떻게 처리했냐는 거예요. 체포가 너무 빠른 거 아니에요?"

"다 연줄이 있으니까. 내 신분을 만드는 것도 그렇고 인간 세상에는 저승사자의 활동을 보조할 만한 게 있으니까."

"그건 그렇고요."

의혹이 가득한 시선으로 자신을 바라보는 상진을 마주보면서 영호는 되물었다.

"왜?"

"지금 제가 짐작하는 게 맞는지 모르겠는데요."

상진은 마저 족발을 뜯고 뼈를 옆에 놓으며 영호를 똑바로 바라봤다.

"포상금이고 뭐고 아직 들어온 돈이 없을 텐데, 설마 이걸 산 돈은 거기에서 나온 거예요?"

카드를 만지작거리며 도박하는 시늉을 해 보자 영호는 어깨를 으쓱거렸다.

경찰과 구단에 신고를 하고서 도움을 요청하고 도망치지 못하도록 자신이 그놈들을 어떻게 두들겼는지, 그 모든 과정을 적당히 설명했다.

이야기를 전부 들은 상진은 어처구니없다는 듯 웃으면서 집 안을 가득 메우고 있는 배달 음식들을 둘러봤다.

"그래서 삥 뜯어서 산 게 이거예요?"

"왜? 싫으면 먹지 말든가."

"누가 싫다고 합니까? 사람이 죄가 있지, 음식이 죄가 있겠나요. 그냥 먹는 거지."

하지만 정말 어처구니없었다.

살다 살다 조직폭력배 삥을 뜯어서 음식을 먹는 건 눈앞의 저승사자뿐일 것이다.

그래도 걱정되는 건 있었다.

"혹시라도 또 수작 부리면 어떻게 해요?"

"수작을 부리긴 개뿔이. 어차피 부리지도 못해. 영혼의 색까지도 기억해 놔서 만약에 수작을 부리면 내가 손을 쓸 거야."

"어떻게요?"

"그놈들이 죽으면 저승에서 삥삥이만 천 년 정도 돌려야지. 모든 지옥을 돌고서 처음부터 다시 시작하는 거지."

뭔가 사후 세계 이야기를 하니 눈앞에서 덜떨어진 얼굴로 음식을 먹고 있는 영호가 정말 저승사자처럼 보였다.

왠지 모르게 예전 생각이 떠올라 풉 하고 작게 웃었다.

"왜 웃냐?"

"아뇨. 벌써 그게 1년이 다 되어 가는구나 싶어서요."

"아아, 우리 처음 만난 거 말이구나."

작년 시즌이 끝나고 하도 처먹다가 진짜로 인생 끝나 버리는 줄 알았었다.

그러다가 영호의 실수로 한 번쯤 영혼이 되어 보기도 했고, 다시 되돌아왔으며 시스템도 손에 넣었다.

그리고 작년과 비교도 안 될 정도로 성장했다.

"우리 참 시작은 개판이었어."

"그렇죠. 그래도 괜찮잖아요?"

상진은 상자에 남은 마지막 치킨을 먹고 새로운 박스를 뜯으면서 씩 웃었다.

"중요한 건 지금이니까요."

＊ ＊ ＊

「이상진, 도발적인 인터뷰. 과연 괜찮은가?」

「충청 호크스는 선수의 개인적인 인터뷰일 뿐, 내부 징계는 없다」

「로테이션 상 다음 상대는 강남 그리즐리. 김대영 감독은 묵묵부답」

「다른 팀을 자극하는 인터뷰, 문제의 소지는?」

「이상진의 20승 달성 가능성은 얼마나 되는가」

「경찰, 연루된 선수에 대한 추가 조사 시작」

「호크스, 승부 조작을 알자마자 신고한 이상진이 자랑스러워」

온갖 기사들이 연달이 쏟아졌다.

박종현 단장은 임기도 얼마 안 남은 마당에 언론의 인터뷰 요청은 물론 다른 구단의 항의 전화에 눈코 뜰 새 없이 바빴다.

한현덕 감독도 구장에 찾아와 인터뷰를 시도하는 기자들에게 곤욕을 치렀다.

이것은 구장에 나오던 상진도 마찬가지였다.

"이상진 선수! 한 말씀만 해 주십시오! 이번 시즌에 20승을 달성할거라고 호언장담하셨는데 정말 가능하십니까?"

"잠깐만! 질문 하나만 대답해 주십시오!"

"승부 조작 제의를 어떻게 받으신 겁니까?"

작년 같았으면 자신은 논외로 치던 기자들이 이제는 인터뷰 한마디라도 따내려고 달라붙었다.

주위를 에워싸는 기자들을 막아선 건 구단에서 섭외한 경호 업체의 직원들과 영호였다.

"자자. 인터뷰는 나중에 따로 하겠습니다. 물러나 주세요."

"거! 쓸데없는 매니저는 좀 비켜!"

정중하게 이야기하는데도 기자 하나가 영호를 밀치면서 뚫고 가려고 했다.

하지만 순순히 뚫려 줄 영호가 아니었다.

아무리 밀어 봐도 한 걸음도 밀려나지 않으며 기자들을 향해 웃었다.

"상진아, 먼저 가 있어."

"그럼 있다가 봐요."

"잠깐만요! 이상진 선수!"

어떻게든 영호를 뚫고 가려고 했지만 헛수고였다.

건장한 남자 서너 명이 달려드는 바람에 근처에 있던 경호원들이 식은땀을 흘리며 주춤거렸다.

그래도 영호는 전혀 물러나지 않았다.

"나중에 정식으로 인터뷰하는 시간을 낼 겁니다. 그러니 지금은 그냥 가시죠?"

"네가 뭔데 이래라 저래라야!"

다시 고개를 돌려서 보니 아까 험한 말을 쏟아 내던 기자였다.

얼굴에 참을 인(忍)을 여러 번 새겼다.

매니저 역할은 어차피 이런 험한 일도 겪으리라고 생각했었다.

문제는 기자들이 그 정도로 돌아갈 사람들이 아니란 거였다.

"억!"

험한 말을 계속 하며 영호를 밀치려고 하던 기자가 오히려 되레 튕겨져서 넘어졌다.

그는 어안이 벙벙한 얼굴로 영호를 올려다보다가 삿대질을 하며 고함을 질러 댔다.

"어딜 밀어! 어? 내가 누군 줄 알고 밀어! 너 이 새끼! 고소할 거야!"

"이야, 그거 재밌겠네요. 그쪽 분은 참기름인가 봅니다. 고소하려는 거 보니까."

"이 새끼가 어디서 같잖은 지랄이야!"

날파리가 많이 꼬일거라고 생각은 했는데 정말 많이 꼬이고 있었다.

그래도 딱히 더 건드릴 이유는 없었다.

"고소를 하려면 하고 말려면 마십시오. 그 전에 주위를 한 번쯤 둘러보시는 건 어떱니까?"

그제야 기자는 주위를 둘러보기 시작했다.

그곳에는 기자들만이 있는 게 아니라 선수들에게 사인을 받으려고 일찌감치 온 팬들도 있었다.

그들은 구장 입구에서 벌어지는 실랑이를 재미있다는 듯 바라보고 있었다.

무엇보다 기자들의 얼굴을 굳어지게 만든 건 그중 몇몇이 동영상으로 촬영을 하고 있단 사실이었다.

"딱히 별말씀은 드리지 않겠습니다만, 일은 적당히 끝내야 하지 않겠습니까?"

요새 같은 시대에 이런 일이 인터넷에 퍼지는 건 너무 손쉬운 일이다.

그리고 영호가 말하고자 하는 건 확실했다.

기자라고 들먹였다가는 너희 엿 먹이는 건 일도 아니다.

그러니 괜히 일 키우지 말고 좋게 좋게 끝내자.

무엇보다 영호도 저승사자였고, 인간 세계에서 활동하기 위해 이것저것 알아보고 준비도 많이 했다.

정치부나 경제부 기자도 아니고 고작 스포츠 기자가 무슨 힘이 있겠는가.

"나중에 따로 인터뷰 시간은 통보해 드리겠습니다. 그러니 이만 가시죠."

경호원들 뚫기도 어려운데 매니저라는 인간은 철벽처럼 물러서질 않는다.

기자들도 서로 눈빛을 교환하고 슬금슬금 뒤로 물러섰다.

어차피 힘든데 괜히 힘 뺄 필요 없이 나중에 인터뷰를 기다리면 된다고 생각해서였다.

"어디 두고 보자."

두고 볼 사람이 누구인데 대체 무슨 말을 하는 걸까.

기자들이 물러나는 걸 보면서 의기양양하게 웃던 영호의 눈에 누군가 들어왔다.

동영상 제작자이자 인터넷 방송을 하는 사람이었다.

낯이 익은 이유는 이상진과 충청 호크스의 팬임을 자처하며 관련 영상을 여러 번 만들고 올렸던 사람이어서였다.

게다가 지난번 1시간 반 동안 사인했던 동영상을 촬영해서 올려놓은 사람이기도 했다.

영호는 씩 웃으면서 그에게 다가갔다.

"거기 촬영하고 계신 분. 영상 잘 보고 있습니다."

"예? 절 아세요?"

"알다마다요. 대머리독수리라는 이름으로 활동하시는 분 아니신가요? 채널 구독자 수 10만 명 돌파하셨던데 축하드립니다."

이상진의 매니저가 갑자기 알은척을 하자 남자는 당황하면서 뒤로 한 걸음 물러섰다.

하지만 영호는 오히려 대담하게 앞으로 나섰다.

"저희 이상진 선수에게 유니폼에도 사인 받아 가고 종이에도 받아 가시기도 하셨죠. 아! 지난번에 주셨던 치킨은 이상진 선수가 다 먹었습니다. 저는 한 조각도 못 먹었네요."

그 말에 동영상을 촬영하던 남자는 웃음을 터뜨렸다.

기자를 대할 때의 이미지와 지금의 모습은 완벽하게 달랐다.

그리고 휴대폰으로 보이는 채팅들 역시 좋은 반응들이었다.

"그런데 지금 촬영 중인 건가요?"

"아아, 네. 촬영 중입니다. 생방송 중이죠."

"그렇군요. 그러면 여기에서 하나 제안을 드려도 될까요?"

제안이라고 말하는 영호의 입가에 묘한 미소가 떠올랐다.

"나쁜 이야기는 아닐 겁니다."

* * *

성유식은 갑작스러운 호출에 허겁지겁 본사로 달려갔다.

그리고 박영훈 부장이 시뻘건 얼굴로 마구 물건을 집어 던지
자 소스라치게 놀랐다.

"너 이 새끼! 대체 뭔 짓을 하고 다니는 거야!"

"부, 부장님?"

영문도 모르는 채 서류철과 볼펜에 얻어맞은 유식은 두 팔
로 얼굴을 가렸다.

하지만 상사의 질책은 물건과 마찬가지로 멈추지 않고 날아
왔다.

"이 새끼! 너 회사 욕 먹이려고 환장했지? 요즘이 어떤 세상
인데 이상진 같은 거물한테 갑질이야! 갑질은! 미쳤냐? 어?"

던질 물건이 더 손에 잡히지 않자 명패를 움켜쥐던 영훈은 입술을 깨물며 손을 내려놓았다.

그리고 씩씩거리는 상사를 보면서 당황하던 유식은 중간에 '이상진'이라는 단어를 캐치해 내고 다시 한번 놀랐다.

얼마 전에 그의 매니저와 있었던 사건 때문에 기사를 준비하고 있었다.

그런데 먼저 선수를 친 걸까.

약아빠졌다고 생각하면서 변명을 시작했다.

"이상진이 혹시 연락해 왔습니까? 제가 갑질했다고? 절대 아닙니다! 저는 이상진에게 무례한 행동을 하거나 실례를 끼친 적이 없습니다!"

"그럼 이건 뭔데!"

"이게 뭡니까?"

영훈이 내던지듯 건네준 태블릿 PC을 켜자 유식의 얼굴은 새하얗게 질렸다.

동영상에는 자신이 매니저와 경호원들에게 몸싸움을 시도하다가 밀려나는 장면이 고스란히 찍혀 있었다.

출처는 외국계 동영상 사이트.

그리고 이상진이나 매니저가 아니라 충청 호크스의 팬으로 유명한 인터넷 방송인이었다.

자신의 얼굴이 똑똑히 찍힌 영상을 바라보는 사이 다시 영훈의 질책이 쏟아졌다.

"이걸 보고도 그딴 소리가 나와?"

"아니, 그러니까 부장님!"

"뭐?"

딱 한 글자의 대답이었지만, 그 안에 담긴 싸늘함은 유식의 입을 틀어막는 데 충분했다.

구독자 10만밖에 안 되는 방송인이었지만, 야구팬들의 주목을 받기에 충분한 자료였다.

잠깐 뒤져 보니 이미 다른 사이트에도 퍼져 나간 지 오래였다.

유식은 이를 갈면서 소리를 질렀다.

"이 새끼 이거 초상권 침해로 고소해야 합니다! 제 얼굴이 고스란히 나왔잖습니까!"

"기껏 한다는 개소리가 그거냐! 이 씨벌 놈이! 아직도 정신을 못 차렸냐!"

아까는 서류철이었지만, 이번에 손에 쥔 건 재떨이였다.

명패보다 던지기도 훨씬 쉬웠다.

얼핏 봐도 단단해 보이는 재떨이를 보며 유식은 순간 몸을 움츠렸다.

그래도 영훈은 재떨이를 든 손을 부르르 떨면서도 던지지 않았다.

"유식아, 대체 왜 그러는 거냐? 어? 지금 상황 몰라?"

옛날부터 아끼는 후배 기자였다.

그래서.

"초상권? 초상권 같은 소리를 한다. 우리가 취재할 때 방패로 삼는 걸 쟤네도 모르겠냐? 거기 동영상을 게시하면서 써놓은 글귀나 읽어! 이 빡대가리야!"

유식은 입술을 깨물며 다시 태블릿 PC를 바라봤다.

동영상의 아래에 게시한 방송인의 글이 얼핏 보였다.

―이 글은 이상진 선수와 그 매니저에게 이유 없이 갑질을 하는 기자를 고발하기 위한 공익성으로 게시하였으며 일체의 광고 및 수익 창출을 하지 않겠습니다.

보통 광고와 수익 창출로 먹고사는 인터넷 방송인이 이를 포기하겠다고 한 것부터가 큰 각오였다.

그래서 오히려 야구팬들에게 좋은 반응을 얻고 있었다.

"어쩔 거냐?"

"그, 그게……."

"어쩔 거냐고 물었잖아! 이대로 현장에 나가지 말고 사무실에 처박혀 있든가! 아니면 그 매니저한테 가서 사과하고 그거를 촬영해서 저 방송인한테 영상 내려 달라고 요구하든가!"

"부장님! 아니, 형님!"

유식이 옛날 같이 현장을 뛰던 시절의 호칭을 꺼내자 영훈의 눈꼬리가 위로 확 치솟았다.

하지만 이내 화를 참으면서 입술을 지그시 깨물었다.

"떠들어 봐."

"제가 회사에서 형님하고 같이 한솥밥 먹지 않았습니까! 그런데 보호해 주시기는커녕 저한테 이러실 수 없습니다!"

"개소리 좀 작작 해라. 아직도 상황 파악이 안 되냐?"

다시 시뻘개진 얼굴로 욕을 하려던 영훈은 가까스로 감정을 추스르고 아직도 상황 파악을 못 하는 후배를 매섭게 노려봤다.

"보호라고 했지? 지금 우리는 널 충분히 보호해 주고 있어! 다른 언론사에서 널 물어뜯으려는 것도 윗선에서 이미 틀어막고 있고, 저 인터넷 방송인에게도 진작 전화해서 영상을 내려 달라고 했지. 물론 신분을 밝히자마자 녹취한다고 우리한테 선언해서 협박성 멘트조차도 하지 못했고!"

개인적으로는 교활하면서 동시에 현명한 이야기였다.

녹취는 자신을 보호하기 위한 최선의 선택이었고, 말 한마디 잘못했다가는 바로 후속타가 터질지 모르는 상황이었다.

"지금 영상에서 어느 언론사의 누구인지는 나오지도 않았어! 그런데 네티즌들은 이미 얼굴만으로도 너인 줄 알더라! 들어오면서 데스크 못 봤지? 거기 전화는 이미 불이 났어!"

이미 신상이 털리고 신문사에 전화가 빗발치고 있다.

기자로서는 최악의 상황에 유식의 얼굴은 새파랗게 질렸다.

사실 언론사에서는 그동안 문제를 일으키는 기자가 있으면 충분히 보호해 줬다.

유식은 아직 몰랐지만, 이미 청와대 청원 사이트에는 그의 처벌을 청원하는 게시물이 올라갔다.

"그리고 거기에 팬들도 많았다면서? 다른 기자들도 이상진은 조심스럽게 대하는데, 너는 옛날 버릇을 못 고쳐서 무슨 짓을 하는 거야!"

무엇보다 기자들의 기사 한 줄에 유명인들이 벌벌 떨던 시대는 이미 지나갔다.

대세는 인터넷 방송으로 넘어가는데 기자의 갑질 동영상까지 올라왔다면 이건 빼도 박도 못 하게 된다.

"후우, 너도 당혹스럽지?"

"예, 예에."

"그러면 잠잠해질 때까지 조용히 살아라. 제발! 당장 나가!"

영훈은 어깨를 축 늘어뜨리고 나가는 후배를 안쓰럽다는 눈으로 바라봤다.

기자 생활 10년이 됐지만, 사고방식은 자꾸 과거로 역행하는 유식이 불쌍하기까지 했다.

부장은 한숨을 쉬면서 자리에 앉았다.

영훈은 잠시 주저하다가 담배에 불을 붙였다.

"기왕 기회가 만들어졌으니 잘된 거겠지."

*   *   *

야구 선수에게 우선되어야 할 것은 야구다.

그래서 상진은 영호가 매니저 역할을 맡고 난 이후부터 무척이나 편해졌다.

우선 주위에서 오는 연락을 신경 쓰지 않아도 괜찮았다.

가족들과 친하게 지내는 선수들의 번호를 알려 주고, 그 외에 다른 연락은 영호가 중간에서 잘 알아서 차단했다.

"그래서 뭘 짓을 하는 거예요?"

매니저가 된 지 얼마나 됐다고 능숙하게 주위를 휘어잡으며 자신을 관리해 주는 건 정말 고마웠다.

하지만 이건 별개였다.

"내가 뭘 어쨌다고?"

"모르는 척하지 말고 설명을 해 봐요."

휴대폰이 손에 없어도 다른 사람들이 있었다.

상진은 자신의 휴대폰을 꺼내 곧장 검색을 마치고 동영상 하나를 틀었다.

그곳에는 기자가 이상진에게 인터뷰를 요청하려고 하다가 거절당하고 추태를 당하는 모습이 고스란히 담겨 있었다.

약간 자극적인 제목과 함께 올라온 영상을 보던 영호는 심드렁한 얼굴로 보쌈을 우물거렸다.

"기자가 기레기짓 했네."

"이거 올려 달라고 청탁한 겁니까?"

"실례인걸. 청탁이라기보다는 너무 당연한 일 아니겠어? 나는 기자를 엿 먹이고 저 사람은 구독자와 조회수를 얻고. 서로 원원하는 건데? 물론 너는 그 와중에 기자에게 갑질을 당한 야구 선수가 되는 거고."

상진은 어처구니 없이 웃었지만 일단 영호 덕분에 일이 꽤 편해진 건 인정했다.

"영호 사자도 막상 자기 일이 되니까 엄청 열심히 하는데요?"

"당연하지. 나는 임무를 맡으면 뭐든지 120퍼센트 노력을 기울인다고."

"예예. 어련하시겠습니까."

그때 그릇 위에 마지막 하나 남은 보쌈을 영호가 잽싸게 낚아채 갔다.

상진은 간발의 차이로 보쌈을 채 가서 입에 넣은 영호를 흘끗 노려보고는 옆에 있는 다른 보쌈 포장을 뜯었다.

"그리고 구단을 통해서 연락이 왔어요. 그쪽 언론사의 부장급 되는 사람이 저하고 만나서 직접 사과하고 싶다고요."

"흐음, 그것도 영상으로 찍어서 올리게 하고 싶네."

"말이 되는 소릴 하세요. 아무튼 식사나 한번 같이하면서 이야기하고 싶다네요."

"그 사람, 제정신이래냐?"

웬만한 언론사는 지난번 스캇 보라스와의 일을 전부 알고 있었다.

그런데도 식사를 같이 하자는 건 대단한 모험이 아닐 수 없었다.

"제정신이 아니니까 그런 이야기를 꺼내는 거 아닐까요? 언론사라고 해도 스캇 보라스처럼 대접하겠어요? 적당한 가격에서 적당히 대접하겠죠."

그리고 어느새 보쌈을 하나 더 비웠다.

이번에는 마지막 한 조각을 쟁취해 낸 상진은 만족스럽게 입 안에 넣었다.

[단백질류 섭취가 확인되므로 포인트가 1 증가합니다.]

정말 만족스러웠다.

*   *   *

우선은 고개를 숙였고 그다음은 악수 요청이었다.

그리고 마지막은 명함이었다.

"한영일보의 스포츠 부서에서 부장으로 재직 중인 박영훈이라고 합니다. 만나 뵙게 되어서 반갑습니다, 이상진 선수."

전혀 다른 태도에 상진은 조금 당황했다.

보통 기자들은 자신들이 언론을 좌지우지할 수 있다고 믿기에 상당히 거만했다.

얼마 전에 영상이 뜨며 곤욕을 치른 기자 같은 경우는 생각보다 심심찮게 찾아볼 수 있었다.

그런데 부장급이나 되는 사람이 이렇게 정중하게 나올 줄은 미처 몰랐다.

"아, 예. 반갑습니다, 박영훈 부장님. 이상진입니다. 그리고 이쪽이 제 매니저인 심영호라고 합니다."

"영상에서 뵌 분이군요. 저희 부하 직원이 실수한 점에 대해서 먼저 사과드리고 싶습니다."

무척이나 예의바른 놈이군.

이렇게 말하고 싶은 걸 참으면서 영호도 겉치레로나마 인사를 주고받았다.

그들이 모인 곳은 고급 한우를 취급하는 고깃집이었다.

자리에 앉자마자 종업원들이 이것저것 음식들을 날랐다.

게다가 그들이 직접 굽는 게 아니라 숙련된 종업원들이 대신 고기를 굽기 시작했다.

오로지 이야기하며 먹기만 하면 되는 자리.

마다할 이유는 없었다.

'하는 걸 봐서 언론사 기둥뿌리까지 뽑아 주마.'

오늘 식사를 대접해 준다고 했다.

그리고 이곳은 메뉴에 따라서는 1인분에 10만 원 이상을 호가하는 쇠고기만을 취급하는 한우 전문점이다.

태도에 따라서는 원 없이 먹을 생각이었다.

물론 지금 하는 걸 봐서는 그럴 일은 없을 듯했다.

"아, 그리고 이상진 선수, 혹시 실례가 되지 않는다면 여기에 하나 부탁드릴 수 있을까요?"

상진은 얼떨결에 검은색 유성 펜을 받아 들었다.

그리고 다음으로 박영훈 부장이 내민 건 충청 호크스의 유니폼이었다.

유니폼에는 다음과 같은 세 글자가 마킹되어 있었다.

[이 상 진.]

자신의 이름이었다.

언론사 부장이자 자신의 팬과의 만남과 동시에 언론사 홈페이지에는 사과문이 내걸렸다.

이상진 선수와 그 매니저에게 갑질을 한 기자에게는 내부 징계를 내렸다는 내용이었다.

하지만 팬들에게는 일대 폭풍 같은 사건이라고 해도 상진에게는 오로지 야구뿐이었다.

"어떻게 된 게 강남 그리즐리는 선수들이 그렇게 이탈을 하는데도 강팀인 걸까."

상진이 이렇게 투덜거릴 정도로 강남 그리즐리의 전력은 강력했다.

작년에도 정규 시즌 우승에 올해도 2위를 달리고 있을 정도였다.

게다가 1위인 인천 드래곤즈와의 차이도 극히 미미했다.

서로가 엎치락뒤치락할 정도로 전력은 엇비슷하지만, 충청 호크스와 비교한다면 이야기는 달라진다.

"우리의 전력은 반 이상이 너니까."

"그런 식으로 말하면 부담스럽기만 한데요?"

주장인 정열과 팀 최고참인 대균은 씩 웃으면서 상진의 양옆에 앉았다.

"그럼 부담감은 이미 성적을 내기 시작했을 때부터 갖고 있었잖냐?"

"그거야 그렇죠."

"그럼 새삼스럽게 우리 팀 전력에 대해서 검토해 보고 한탄하는 건 무슨 이유 때문인데?"

상진은 더그아웃의 천장을 바라봤다.

대전 호크스 파크의 더그아웃은 그 역사만큼의 균열을 갖고 있었다.

상진은 세월의 흔적을 하나씩 살펴보며 대답했다.

"우승을 할 수 있는지 확인해 보기 위해서죠."

20승 달성

　지난번의 사건이 인터넷을 뜨겁게 달구었어도 기자들의 인터뷰 요청은 그치지 않았다.

　그나마 다행인 건 지난번처럼 마구잡이로 들이대는 게 아니라, 매니저인 영호를 통해서 요청해 왔단 점이었다.

　그래서 구단과 경호 업체에서 통제할 수 있는 경기 시작 전 인터뷰에 시간을 잡았어도 엄청난 수의 기자들이 밀려왔다.

　"이번에 불법 도박 조직으로부터 승부 조작 제의를 받고도 그걸 거절하셨는데, 얼마나 제의받으셨나요?"

　"어떤 경위로 연락을 받게 되신 건가요?"

　"고등학교 친구분의 연락이었다는데, 사실인가요?"

　"자자, 한 분씩 대답해 드릴 테니까 순서를 지켜 주세요!"

"김 기자! 지금은 내 차례야!"

차라리 도떼기시장이 더 나을 정도였다.

하지만 그만큼 이상진에게 향하는 언론의 시선이 얼마나 뜨거운지 알 수 있기도 했다.

상진은 구단 직원이 당혹스러워하는 모습을 보며 미소를 짓고는 앞으로 나왔다.

한걸음.

단 한 걸음에 기자들의 입이 단숨에 다물어졌다.

"우선 제가 제의를 받은 건 사실이고, 그 대화 기록을 녹취해서 수사기관에 제공한 것도 사실입니다. 다만 억측이 될 수도 있고, 개인에게 피해가 갈 수 있는 내용은 제가 직접 말씀드릴 수가 없습니다."

진성은 아마도 지금쯤 구치소에서 조사를 기다리고 있을 것이다.

고등학교 동창이 수사를 받는다는 사실에 가슴이 아프기도 했지만, 이것이 옳은 길이다.

바로 어제 친구의 집에 찾아가서 진성의 부모님과 만나 이야기를 했다.

고등학교를 졸업한 이후 대학에도 가지 못하고 여기저기 아르바이트를 하며 생활했다는 이야기.

군대에서 만난 선임이 같이 사업하자고 해서 대뜸 뛰어들었다가 사기를 당했다는 이야기.

그리고 이런 일에 말려들게 만들어 미안하다는 사과까지 받왔다.

동정이 가지 않는다면 거짓말이다.

하지만 그렇다고 해서 옳지 않은 일이 정당화되는 건 아니다.

불법 도박은 예전에도 한국 야구를 야금야금 파고들었던 적이 있다.

그때의 여파를 기억하고 있는 이상 상진은 관여하고 싶지 않았다.

승부 조작에 손을 대는 순간 빠져나올 수 없으며, 결국은 자신의 미래까지 옭아매는 결과를 낳게 될 테니까.

"이번에 한국 야구 위원회와 충청 호크스 구단에서 포상금을 지급하기로 했는데 소감이 어떠십니까?"

"저는 당연히 해야 할 일을 했을 뿐입니다. 이런 일로 포상을 받는다는 건 과분한 일이 아닌가 싶네요."

솔직히 포상금을 받게 되니 왠지 모르게 뿌듯하긴 했다.

그래도 옛 친구에 대한 미안함은 남아 있었다.

그래서 포상금을 온전히 받아들이기에는 마음에 아직 걸리는 부분이 있었다.

"포상금은 제가 수령하지 않겠습니다."

"그러면 어떻게 할 생각입니까?"

이번 사태가 일단락되고 포상금을 받는다는 게 알려진 후부터 계속 고민해 왔다.

포상금을 어떻게 사용할지, 그리고 앞으로 어떻게 할지에 대해서 생각하고 또 생각했다.

그리고 영호와 긴 이야기 끝에 내린 결론은 이것이었다.

"저에게 주어질 모든 포상금은 도박 중독으로 괴로워하시는 분들의 치료에 쓰이도록 전액 기부할 생각입니다."

*　　　　*　　　　*

「이상진, 불법 승부 조작 신고로 받은 포상금 전액 기부」
「불법 도박이 근절되기를 바란다는 이상진의 바람」
「이상진, 돈보다는 야구로 성공하고 싶다.」

흐뭇한 얼굴로 기사를 보고 있던 영호는 휴대폰을 들어 전화를 걸었다.

뚜르르 뚜르르 하는 단조로운 벨소리는 금방 끊겼다.

―아, 귀찮게 뭐야?

"뭐긴 뭐야. 바쁘냐?"

―네가 물어다 준 걸로 도박 단체 없애느라 눈코 뜰 새 없이 바쁘다. 인간 세상에 파견 나왔으면 이런 거로 연락하지 마!

이번에 저승사자들의 인간 세상 활동 거점을 통해 움직인 녀석이었다.

검사로 활동하면서 적당할 때 영혼을 수거해 저승으로 인도하는 역할을 맡고 있었다.

"왜? 불만이냐?"

―젠장! 흑월 사자님의 명령만 아니었으면 나설 일도 없었어!

이번 일에 가장 적극적으로 나선 건 영호였지만, 실질적으로는 흑월 사자가 배후에 있었다.

그는 상진을 지원해 주는 걸 원했고, 무엇보다 인간 세상의 범죄 행위는 근절되는 게 맞았다.

최고참 저승사자 중 하나인 흑월 사자의 개인적인 팬심이 작용했다고 봐도 되겠지만, 그거에 딴지를 걸 만큼 간이 크지도 않았다.

"아무튼 고맙다. 저승에 돌아오면 뭐라도 한턱 쏜다."

―그런데 대체 그 인간 놈은 뭐길래, 너도 그렇고 흑월 사자님도 그렇고 밀어주는 거냐?

"보다 보면 알게 된다. 너 야구는 보냐?"

―야구? 그걸 왜 봐? 이쪽 일 처리하기도 바쁜데.

"나중에 시간 나서 이놈 경기라도 봐라. 그럼 알 거다."

압도적인 실력으로 경기를 운영하면서도 방심하는 법은 없다.

그러면서도 아직도 욕심은 한가득이라 어떻게든지 발버둥을 친다.

어떤 결과를 위해서 노력하는 인간의 모습은 어떻게 봐도 아름다운 법이다.

"전화 끝났어요?"

"어? 나왔냐?"

상진이 조수석에 올라타자 영호는 동료 저승사자와 하던 통화를 끊었다.

"피곤하지?"

"인터뷰가 개판이니까요. 그런데 기부를 한다고 하니까 다들 시끄럽네요."

"상관없잖아? 어차피 지금은 이미지 만들기니까."

영호는 상진의 이미지 만들기에 주력하고 있었다.

그리고 이번에 벌어진 승부 조작 제의는 신이 가져다준 절호의 기회였다.

이걸 전화위복으로 삼고 포상금을 전부 기부함으로써 이상진의 이미지를 보다 좋게 바꾸어 나간다.

"뭐니 뭐니 해도 역시 실력이 좋은데 인성까지 좋다고 소문나면 이득이니까."

"저승사자치고는 참 계산적이시네요."

"원래 이렇게 살아야 하는 거야. 너도 좀 더 약아빠질 필요가 있어. 옛날 친구 동정해 줄 여유가 어디에 있다고."

"알아요. 어차피 그놈도 절 이용해 먹으려고 한 거니까 봐줄 생각도 없어요."

자신의 이미지를 만들어 준다는데 굳이 나쁘게 생각할 이유는 없었다.

특히 이런 일은 외국에서도 주목하기에 유명세를 굳히기에 좋은 방법이다.

"대외적인 건 전부 나한테 맡겨. 너를 최고의 선수로 포장해서 메이저리그로 보내 줄 테니까."

"올해 초에는 야구의 기초도 모르던 분이 뭘 돕는다고 그럽니까?"

"시꺼. 이제는 잘 안다고!"

상진은 피식 웃으면서 기지개를 켰다.

처음에는 야구의 기본적인 룰도 모르는 사람이 이제는 기사도 찾아보고 지식도 어느 정도 갖췄다.

게다가 간간이 자신도 모르는 메이저리그의 정보를 이야기할 때마다 깜짝깜짝 놀라기도 했다.

변하는 건 자신만이 아니었다.

"영호 사자."

"왜 자꾸 불러 싸? 출발할까?"

"아뇨."

상진은 영호를 한참이나 물끄러미 바라봤다.

그 시선이 여간 부담스러웠던 영호는 면박을 주기도 하고 짜증을 부려 보기도 했지만, 상진은 아무 말도 하지 않았다.

그렇게 한참이 지나고서야 상진의 입이 열렸다.

"앞으로 대외적인 일은 잘 부탁할게요."

"그런 말 하기가 그렇게 힘들었냐?"

"아니, 그런 건 아니고. 이제 호칭 좀 정리해야 하지 않을까요?"

"응? 뭐?"

머뭇거리던 상진은 어렵사리 말을 꺼냈다.

"형이라도 불러도 됩니까?"

*   *   *

기자들이 이상진에 대해서 물어보면 인터뷰를 하던 그리즐리의 김대영 감독은 쓴웃음을 지었다.

"한현덕 감독이 우리보고 대놓고 포기하라고 내놓는 카드였지 않습니까?"

그리고 내셔널스의 박형식 대행은 무덤덤하게 고개를 가로저었다.

"이상진은 현재 우리나라 최고의 투수라고 해도 과언이 아닙니다. 이길 수 없었던 경기에 대해서는 이야기하고 싶지 않네요."

이제 몇 경기 남지 않았다.

하지만 충청 호크스는 아직 안심할 수 없었다.

그래도 오늘 안심할 수 있는 건 상진이 등판하기 때문이었다.

"60승 60패라."

"딱 떨어지니까 기분 좋지 않냐?"

6위인 수원 매지션즈와의 게임 차는 3경기, 남은 경기는 각자 4경기씩 남아 있었다.

그리고 남은 시즌 동안 매지션즈와 직접 붙는 잔여 경기가 없다.

앞으로의 경기를 무난히 풀어 가게 되면 5위를 달성할 수 있게 된다.

"그나저나 오늘 참 부담되는 경기에 등판하게 됐네요."

"부담스럽기는. 딱히 부담스러워하지도 않을 거면서."

하필이면 독이 오를 대로 오른 인천 드래곤즈와 만나게 됐다.

그들은 강남 그리즐리와의 0.5게임 차로 1위를 달리고 있었다.

그리즐리의 추격을 뿌리치고 1위를 수성하기 위해서라도 그들은 무슨 수를 써서라도 오늘 경기를 잡아내려 할 것이다.

"조용하네요."

드래곤즈의 연습을 지켜보면서 상진은 얼굴을 살짝 굳혔다.

타자들도 말이 없었고, 투수들도 얼굴을 굳힌 채 공을 주고받고 있었다.

그리즐리의 추격을 의식하는 모습이었다.

"대균이 형, 형은 예전에 한국 시리즈에서 뛰어 본 적이 있죠?"

"그랬지. 벌써 오래됐네."

"어땠어요?"

벌써 14년이나 된 이야기를 묻는 후배를 보며 대균은 부드럽게 미소를 지었다.

너무 오래된 일이라 이제는 기억도 가물가물한 옛날 일이었다.

"글쎄? 지금하고 똑같지 않을까?"

"우문에 현답이시네요."

두근거렸다.

포스트 시즌이 다가오면 다가올수록 심장이 주체하지 못할 정도로 두근거렸다.

예전에 소개팅을 하려고 기다리던 때보다 더 흥분됐다.

"긴장되지?"

"긴장이 안 되면 그게 야구 선수일까요."

"그래. 가을에 야구를 하며 우승을 노려 본다는 건 정말 행운이지. 어떻게 보면 이 팀에서 다시 가을 야구를 할 수 있으리라고는 생각도 못 했었으니까."

암흑기라고 불릴 정도의 10년이었다.

제반 시설부터 시작해서 팀의 모든 것이 무너지고 흔들리고 다시는 세울 수 없을 만큼 처참했던 시절.

그걸 떠올리면 아직도 참담한 기분이었다.

"오늘 경기의 승리는 전혀 의심하지 않아. 네가 있으니까."

"너무 부담 주시는 거 아니에요?"

"네가 이 정도 부담에 힘겨워할 놈은 아닌 거 같은데? 오히려 즐기면 즐겼지."

상진은 대균이 내미는 주먹에 자신의 주먹을 부딪치고는 다시 초코 과자를 하나 입 안에 쏙 넣었다.

두 사람은 계속 상대 팀의 연습을 지켜봤다.

"형, 미국은 어떨까요?"

"글쎄? 여기랑 말하고 사람만 다르지, 딱히 다를 건 없을 거 같다."

"그래요?"

"내가 일본에 잠깐 진출했을 때도 그런 기분이었거든. 그냥 말이 안 통하는 사람들뿐이었어. 그래도 야구를 하면서 어떻게든 즐길 수 있었지. 뭐, 그것도 마음대로 되진 않았지만."

대균의 야구 인생은 개인 성적과 돈만 보면 성공적이었다.

국내에서도 수위 타자로 손꼽혔으며, 팀에서도 레전드로 대우받았다.

하지만 팀의 성적과는 별개였다.

개인의 성적 관리에만 힘을 낸다는 악평을 감수하면서도, 어떻게든 팀의 성적에 공헌을 해 보려고 기를 써 봤다.

하지만 후배들을 구슬려 보기도 하고 윽박질러 보기도 했지만, 영 나아지는 건 없었다.

게다가 패배에 너무 익숙해진 나머지 우린 안 될거라고 하는 패배주의까지 몸에 배어 버렸다.

"정열이도 그렇고, 나도 그렇고. 강민이나 인재도 그렇고. 전부 이런 날이 올 줄은 정말 꿈에도 상상 못 했다."

이제 슬슬 몸을 풀까 하면서 상진은 자리에서 일어났다.

꿈을 꾸는 것은 잘못되지 않았다.

사람은 언제나 꿈을 꾸고 그것을 이루기 위해 노력한다.

사람이라면 누구나 꿀 수 있는 꿈이다.

"그러면 하나쯤은 더 상상해 두세요."

"뭐를?"

그리고 자신의 꿈도, 다른 동료들의 꿈도.

결코 불가능한 건 아니다.

"역시 우승 트로피 정도는 들어야겠죠?"

$*$ $*$ $*$

이번 일정은 인천 드래곤즈의 입장에서 재수 없다고 할 수 있었다.

임경혁 감독은 충청 호크스와 만나는 걸 무서워하지 않았다.

문제는 바로 다음 날 등판 예정인 선발투수였다.

"우승을 다투는 중요한 시기에 하필이면 충청 호크스에 이상진이라니."

로테이션 일정으로 불평할 수도 없었다.

이상진의 일정은 한현덕 감독에 의해 철저하게 관리됐으며, 정확하게 5일 로테이션으로 돌았다.

인천 드래곤즈는 하필 재수 없게 만나게 됐을 뿐이었기에 이쪽을 노린 표적 등판이라고 주장할 수도 없었다.

그리고 올해 이상진은 모든 팀에게 고루고루 성적을 내고 있었다.

오히려 상대적으로 성적이 좋지 않은 팀이라면 바로 인천 드래곤즈였다.

"김대영 감독만 좋게 됐군."

정규 시즌 우승 경쟁을 하고 있는 강남 그리즐리의 김대영 감독을 떠올리며 입맛을 다셨다.

이제 시즌도 막바지에 다다르는 시점에서 매 경기가 소중했다.

그런데 이상진이 나타났으니 손쉽게 넘어갈 수 없게 됐다.

"그래도 그리즐리 역시 지난번에 이상진을 만나서 패하지 않았습니까? 어떻게 보면 피장파장이죠."

임경혁 감독은 입맛을 다시면서 팔짱을 꼈다.

그래도 아쉬운 건 어쩔 수 없었다.

차라리 전력 분석이 어느 정도 먹혀들어 가는 충청 호크스의 두 외국인 투수인 마이카나 안토니를 상대하는 게 낫다는 생각이 들 정도였다.

불안한 얼굴로 데이터를 들여다보던 임경혁 감독은 다시 고개를 들며 물었다.

"선수들은 잘 대비하고 있나?"

"여러모로 준비는 하고 있는데, 사실 잘되기가 어렵죠."

"그놈의 사이드암만 없었어도 어느 정도 쳐 낼 텐데."

이상진의 사이드암 투구 폼은 생각보다 곤란했다.

스리쿼터로 던지다가 순간적으로 바뀐다는 점도 짜증 나는데, 날아오는 공의 변화가 종횡으로 바뀐다.

경우의 수를 맞히기보다는 차라리 즉흥적으로 그 자리에서 대응하는 편이 훨씬 쉬웠다.

"전력 분석이 필요 없는 투수라니. 그것도 다른 의미로 그러면 또 모르지. 저건 괴물이야, 괴물."

"솔직히 말해서 메이저리그에서 관심 갖는 것도 이해는 갑니다."

"저런 게 생태계 교란종이지, 딴 게 문제겠나."

국내 10개 구단의 코칭스태프들에게 물어본다면 지금 자신의 말을 부정할 사람은 아무도 없다.

이상진은 말 그대로 생태계 교란종이었다.

작년까지 아무런 징조도 없이 잠들어 있다가 갑자기 탄생한 돌연변이.

어떻게 저런 괴물 같은 투수가 탄생하게 됐는지는 알 수 없었다.

게다가 시즌 0점대 자책점은 83년에 프로야구가 시작된 이래로 단 한 명만이 기록했다.

"그래도 우리 선수들은 포기하지 않았습니다."

"그래. 그러니까 우리도 포기하면 안 되지."

임경혁 감독에게 뾰족한 수는 없었다.

그저 선수들을 믿고 응원하면서 동시에 현장에서 발견할 수 있는 약점을 찾아내는 것.

그것이 코칭스태프로서 할 수 있는 최선이었다.

몸을 돌려 구장 안으로 들어가려던 임경혁은 잠깐 멈칫하면서 고개를 돌려 물었다.

"그런데 이상진의 패턴을 좁힐 수 있을지도 모른다는 말이 사실인가?"

*　　　　*　　　　*

경기 전, 팬들이 선물해 준 음식들을 먹는 광경은 이제 신기하지도 않았다.

가끔 감독과 경기 전 인터뷰를 하러 오는 기자들도, 미리 관중석에 와서 대기하고 있는 팬들도.

그나마 간간이 찾아오는 메이저리그의 스카우터들만이 신기하다는 듯 바라볼 뿐이었다.

"저게 이상진이군."

"딱 할 만큼의 훈련만 하고 끝낸 건가?"

그들은 상진의 훈련을 관찰하려고 왔다.

하지만 상진은 이미 오늘 할 간단한 훈련을 마치고 쉬고 있었기에 아쉬움을 자아냈다.

"그래도 중요한 건 경기니까."

"그렇지? 그런데 스캇 보라스가 아직도 눈독을 들이고 있다는데."

메이저리그의 스카우터들은 여전히 호기심 반, 두려움 반으로 상진을 관찰하고 있었다.

그만큼 상진은 진출하기 전부터 중요한 관찰 대상이었다.

"흐아아아아아암."

그런 시선들과 관계없이 상진은 심심함에 몸부림치고 있었다.

지금까지의 투구 매커니즘만 잘 지켜 줘도 기대 이상을 해 주는데 건드릴 부분이 없었던 만큼 시즌 중반부터 코치들은 상진에게 조언을 하지 않았다.

그래서 할 일이 없었던 상진은 심심풀이 겸 동료 선수들의 훈련을 봐주고 있었다.

"상일아, 요즘 공 던지는 폼이 좀 무너졌다. 팔을 좀 더 길게 끌고 나와 봐."

"어? 그래요?"

"시즌 초에 영점이 잘 잡힐 때는 좀 더 끌고 나왔어. 그리고 공을 좀 더 끝까지 봐."

투수 조에서 코치들의 눈에서 벗어난 선수들의 자세를 바로 잡아 주는 일이었다.

그리고 타자들도 상진의 눈에서 벗어날 수 없었다.

등판할 때마다 리그에서 손꼽히는 타자들을 마주하게 된다.

그들의 약점을 살피는 게 버릇이 되다 보니 동료 타자들의 약점도 한눈에 보였다.

"쩝쩝, 은일이는 배트가 너무 빨리 나오니까 조금 더 공을 보고 휘둘러."

"어? 그랬어요?"

"그래. 그리고 앞발 축이 조금 비틀렸어. 자세 바로 잡아."

코치들이 애매하다고 생각했던 부분이나 미세한 폼의 변화 등을 지적해 주는 건 현역 코치들 못지않았다.

가끔은 코치들도 깜짝깜짝 놀랄 정도로 예리한 지적도 있었다.

"긴가민가했는데 정말로 폼이 무너졌던 거였군요."

"그리고 우리의 눈이 닿지 않는 부분에서 발견한 것만 지적해 주고 있네요."

코치들이라고 해도 선수들을 일일이 감독할 수는 없는 일이다.

그런데 상진은 코치의 눈에서 벗어난 선수가 약점을 드러내면 바로바로 지적을 했다.

그러면서도 꽤 정확한 조언을 주고 있었다.

"자! 하나 더 던져 봐!"

"하압!"

"공을 잡아챌 때 힘을 좀 더 줘 봐!"

이상진의 주도하에 훈련의 페이스가 높아지는 걸 보며 한현덕 감독은 흐뭇한 미소를 지었다.

"분위기가 꽤 좋군."

"우리가 지적해 주는 거하고는 대하는 기분 자체가 전혀 다르니까요."

보통 코치들이 지적할 경우에 선수들 입장에서는 그것이 맞는 말이라고 해도, 어느 정도 친하지 않다면 반발심이 생길 때가 있었다.

그중 대표적인 것이 바로 타격 폼이나 투구 폼에 대한 지적이었다.

폼을 아예 바꿔 버리는 일이 되면 선수는 그동안 자신이 쌓아 봤던 타격이나 투구의 매커니즘을 전부 포기하게 된다.

그래서 조언은 신중하게 이루어져야 했다.

"이러면 어떨까요? 조금 더 길게 끌고 나와 봤는데."

"좋아! 제구가 좀 더 안정된 거 같은데?"

그런데 이상진은 조금 달랐다.

예전부터 선수들의 버릇이나 동작, 그리고 시즌이 지나면서 생겨나는 미세한 차이를 정확하게 꿰뚫어 보고 있었다.

게다가 무리가 될 만한 조언은 하지 않았다.

선을 너무 넘지 않는 조언에 선수들은 오히려 직접 와서 물어보기까지 했다.

"아, 코치님. 죄송합니다."

"뭘 죄송할 것까지야 있어."

코치들이 지켜보는 시선을 깨달은 상진은 조심스럽게 신우에게 다가와 사과했다.

선수들끼리 서로 의견을 주고받을 수는 있어도 가르치는 건 기본적으로 코치들의 일이었다.

이걸 빼앗아서 혹시라도 기분이 나빠지지 않았을까.

자신들을 챙겨 주는 상진의 태도에 신우는 왠지 흐뭇했다.

"너도 가을 야구가 기대되니까 훈련할 때까지 이러는 거 아니냐. 요새는 투수조 미팅도 길게 한다면서?"

"뭐, 한 시간 정도 더 하는 편이죠."

"그래서 성과는 있냐?"

상진은 별다른 말 없이 어깨만 으쓱거리며 웃었다.

인재도 스플리터를 익혀서 실전에서 써먹는 데만 반년 가까이 걸렸다.

그만큼 시즌 중에 누군가가 확 변하는 일은 힘들다.

"아직까진 눈에 띌 만한 건 없어요. 그래도 다들 노력은 하니까 언젠가 결실은 맺겠죠."

아직 프로 2, 3년 차에 불과한 후배들은 그보다 성장하는 속도가 빠르긴 하지만 아직 멀었다.

지금 후배들에게 노하우를 알려 주고 투구 폼을 교정해 주는 것도 어떻게 보면 나중을 기약하는 일이기도 했다.

"그래. 그리고 너도 나름대로의 결실을 맺었으면 좋겠다."

데뷔 때부터 함께했었던 코치님의 얼굴을 빤히 바라보던 상진은 씩 웃으면서 기지개를 켰다.

"수확은 제가 직접 할 겁니다. 손대지 마세요."

"어련하겠냐."

그래도 그 우승이라는 이름의 과실은 모두가 맛볼 수 있다.

신우는 어렴풋이 옛날에 우승했던 기억을 떠올리면서 주먹을 꽉 쥐었다.

코치가 되어도 우승이라는 이름은 여전히 크고 아름다웠다.

*   *   *

―오늘로 인천 드래곤즈와 충청 호크스의 16차전 경기가 벌어집니다.

―이 경기에서 인천 드래곤즈가 승리를 거둔다면 우승 경쟁에서 한발 앞서 나가게 됩니다.

―하지만 상대인 충청 호크스의 선발투수는 이상진. 과연 인천 드래곤즈가 무너뜨릴 수 있을까요?

인천 드래곤즈의 홈 경기였음에도 더그아웃의 분위기는 가라앉아 있었다.

1회 초 충청 호크스의 공격이 진행 중임에도 저쪽의 분위기는 무척이나 차분했다.

'정규 시즌 우승의 압박은 그만큼 크겠지.'

더군다나 오늘 등판한 투수는 시즌 중반에 외국인 투수 교체를 단행해 데리고 온 에스테르였다.

그가 선발일 때는 언제나 소란스러웠는데, 오늘은 무척이나 조용했다.

'그래도 저렇게 승부욕을 불태우는 걸 보니, 우승을 노리는 팀답네.'

게다가 한국 시리즈에 먼저 올라가서 기다리는, 유리한 입장에 설 수 있다.

무엇보다 이쪽에 전의를 불태운다는 걸 똑똑히 느낄 수 있었다.

하지만 이쪽의 투수는 이상진이었다.

"스트라이크! 타자 아웃!"

공수 교대 신호와 함께 상진은 마운드 위에 올라갔다.

마운드의 흙을 밟고 투수판을 내려다보니 왠지 기분이 묘했다.

'이게 가을 야구라는 걸까.'

정규 시즌과는 전혀 색다른 기분이었다.

그저 막연히 기다리기만 했던 지난번과 달리 이제 실제로 가을 야구를 시작했다는 게 느껴졌다.

"와아아아!"

"이상진! 이상진!"

"우우우우!"

"오늘이 이상진 네 제삿날이다!"

원정으로 와 준 충청 호크스의 팬들이 보내는 환호와 홈 인천 드래곤즈의 관중들이 보내는 야유가 뒤섞여 귀를 따갑게 만들었다.

하지만 만 명이 넘는 관중들의 시선이 오로지 자신만을 바라보고 있었다.

이것만큼 기분 좋은 일은 없었다.

로진백을 만지작거리며 상대 타석을 바라봤다.

상대 팀 인천 드래곤즈의 선두 타자는 예전에 같은 팀에 있었다가 트레이드로 팀을 옮긴 노수한이었다.

그의 얼굴을 보며 상진은 쓴웃음을 지었다.

아까 서로 인사를 주고받을 때와 다르게 노수한은 상진을 죽일 듯이 노려보고 있었다.

[식사 시간이 되었습니다.]

[상대방의 포식 포인트가 표시됩니다.]

[타자의 포인트는 74입니다.]

오랜만에 보는 옛 동료였지만 공과 사의 구분은 확실했다.

'하여튼 저 녀석도 나름대로 프로 의식은 갖고 있는 놈이라니까.'

팀을 위해서 무슨 짓이라도 하겠다는 결연한 의지가 돋보였다.

하지만 그렇다고 해서 결과를 바꿀 수는 없었다.

상진은 자신이 인정한 만큼 최선을 다해 상대할 생각이었다.

"스트라이크!"

수한의 주루 능력과 콘택트 능력은 이미 리그에 정평이 나 있었다.

그걸 곧이곧대로 상대할 이유는 없었다.

자신은 하나씩 하나씩 상대하면 그만이다.

인천 드래곤즈가 자신을 어떻게 바라보든 상관없다.

자신이 등판한 이상 이미 결과는 정해진 것이나 다름없었다.

"스트라이크!"

자신이 가슴에 품고 있는 작은 꿈을 위해서.

팀의 원대한 꿈을 위해서 상진은 팔을 뻗으며.

"스트라이크! 타자 아웃!"

[타자를 아웃시켰습니다. 84포인트가 지급됩니다.]

이상진은 20승 달성을 위한 마지막 한 걸음 내디뎠다.

"스트라이크! 타자 아웃!"

[타자를 아웃시켰습니다. 46포인트가 지급됩니다.]

순식간에 1회를 마무리 지은 상진은 2회와 3회도 엄청난 기세로 삭제했다.

안 그래도 인천 드래곤즈의 타격은 요 근래 제대로 타격 매커니즘을 되찾지 못하고 흔들리던 참이었다.

더욱이 이상진의 투구는 독기만 있다고 칠 수 있는 공이 아니었다.

"스트라이크!"

"젠장!"

4회 선두 타자로 나선 노수한은 다시 잇소리를 내며 배트를 꽉 움켜쥐었다.

3회까지 9명의 타자를 상대하면서 보여 주었던 패턴은 온데 간데없었다.

가장 짜증스러운 건 초구부터 사이드암으로 날아온 투심 패스트볼이 살짝 떠오르면서 바깥쪽으로 휘어졌단 점이었다.

변화무쌍한 이상진의 공에 자신도 모르게 헛스윙을 하고 말았다.

"한두 번 겪어 봤냐? 적당히 하자."

"후우, 선배님도 잘 아시잖아요? 아까도 공을 두 번이나 놓치시던데."

포수석에 앉아 있던 재환이 툭 쏘아붙이자 수한은 오히려 역으로 아까의 포구 실패를 언급했다.

워낙 변화가 심한 탓에 그 또한 두 번이나 공을 놓치고 말았다.

그래도 주자가 하나도 없단 점이 다행이었다.

무엇보다 낫아웃이 될지도 모르는 상황에서는 상진도 나름대로 안전한 곳에 공을 던져 주어 진루는 단 하나도 허용하지 않았다.

"그래도 이상진은 최고지."

"에휴."

수한은 이를 벅벅 갈면서도 그 말은 받아치지 못했다.

정말 대단하다.

충청 호크스에 있던 시절 계속 옆에서 보아 왔었다.

그런데 설마 예전의 길고 긴 부진을 떨쳐 내고 이렇게 몰라보게 바뀔 줄은 몰랐다.

"상진이 형, 표정이 많이 좋아졌네요?"

"그래 보여? 난 도통 모르겠는데."

다음 와인드업 자세에 반응한 수한이 배트를 휘둘렀다.

하지만 교묘하게 바깥쪽으로 휘어 나간 투심 패스트볼에 헛스윙했다.

마치 공이 살아 있는 듯 배트를 피하는 느낌이었다.

어제까지만 해도 웬만해서 잘 맞히던 자신의 야구 배트가 이상진만 만나면 배신했다.

"스트라이크!"

"와, 진짜 공이 답이 없네요. 옛날에 홍백전 할 때만 해도 이렇진 않았는데."

"그치? 나도 그렇게 생각한다. 받는 입장에서도 미치겠다."

올해 초반에는 사인만 제대로 주고받으면 공을 받는 데 아무런 문제가 없었다.

하지만 지금은 사인을 제대로 주고받아도 날아오는 공을 간혹 놓칠 때가 있었다.

이건 재환의 역량이 뒤떨어져서가 아니라, 이상진의 공이 나날이 좋아져서였다.

"스트라이크! 타자 아웃!"

*　　　　*　　　　*

[타자를 아웃시켰습니다. 84포인트가 지급됩니다.]

사방에서 들려오는 야유와 함성은 더욱 커져만 갔다.

그리고 상진은 시스템에 표시된 메시지와 자신의 상태를 확인하고 다시 타자에게 집중했다.

늘 생각했었다.

스테이터스란 대체 무엇일까.

언제나 생각하고 고민했고 탐구해 왔다.

저승사자는 이것이 자신의 본래 잠재력을 극한까지 끌어내주는 힘을 가졌다고 말했다.

하지만 스테이터스에는 잠재력이라는 수치가 표시되지 않는다.

'그렇다면 표시되지 않는 수치가 따로 있는 걸까.'

지난번에 2루수로 교체되어 투입됐을 때 수비력이라는 수치가 갑자기 등장한 것을 생각한다면 숨겨진 다른 수치도 있을 법했다.

특히 '잠재력'이라는 수치가 말이다.

'나의 한계는 어디까지일까.'

메이저리그에 가면 최고 구속이 아니라 평균 구속이 150킬로미터 중반을 찍는 선수들이 수두룩하다.

구위도 그렇고 제구력도 그렇고.

모든 면에서 상진 자신보다 뛰어난 선수들이 많은 곳.

그곳에서 직접 한계에 도전해 보고 싶었다.

"아웃!"

타자를 범타로 유도해서 처리한 상진은 가슴 깊은 곳에서부터 숨을 토해 냈다.

한계에 도전하는 건 좋았다.

하지만 상진은 착각하지 않았다.

지금 자신이 도전해야 하는 곳은 메이저리그지만 싸우고 있는 곳은 한국이다.

'이곳에서 정점에 도달하고 미국으로 간다.'

이것만이 지금 할 일이었다.

그때 상진은 갑자기 재환이 마운드로 올라오자 당황한 표정을 지었다.

올라올 이유는 없을 텐데?

"응? 왜 올라와요?"

"그냥. 심심해서?"

"아니, 그게 이유예요?"

으르렁거리며 대꾸했지만 재환은 표표히 웃었다.

"부담스럽지? 실력은 국내 최고를 향했어도 우리는 5위고, 뒤떨어지는 전력으로 우승에 도전해야 하는 점이 왠지 모르게 힘겹고."

그 말에 뜨끔했다.

몇 번이고 머릿속으로 시뮬레이션을 돌려봤지만, 솔직히 우승 가능성은 희박했다.

그나마 외국인 선발투수 둘이 제 역할을 해 준다고 가정한다면 어떻게든 한국시리즈까지 진출할 수 있어 보였다.

하지만 떠오르는 방법은 결국 이상진, 자신의 역할을 극대화하는 것뿐이었다.

"내가 또 그리즐리에 괜히 있던 건 아니지. 우승에 도전할 때마다 그 팀의 선수들도 전부 너 같은 표정을 지어 보였으니까."

"우승팀 출신 포수라 뭐가 달라도 다르네요."

"그럼. 당연히 다르지. 그러니까 너 혼자만 너무 짊어지려고 하지 마라."

다시 뜨끔했다.

상진은 두 눈을 동그랗게 뜨며 재환을 바라봤다.

어떻게 알았냐는 표정을 짓던 상진은 그만 웃음을 터뜨리면서 고개를 끄덕였다.

방금 전에 했던 우승팀 포수 출신이라는 말은 농담조로 던졌었다.

그런데 그 말이 정말 핵심을 관통하고 있었다.

"아주 가지가지 한다. 실력은 메이저리그에 가도 부족할 것 없는 놈이 멘탈은 아직도 어린애 수준이냐."

"누가 어린애 수준이라는 겁니까."

"그러면 좀 더 동료를 믿어. 네가 우승을 위해서 혼자 몸을 불사른다고 해도 달라지는 건 없어. 우리는 팀이다. 그리고 나는 네 파트너고."

글러브로 상진의 가슴팍을 툭툭 친 재환은 이윽고 몸을 돌려 다시 포수석으로 돌아갔다.

상진은 살짝 아려오는 가슴께를 손으로 슥 문지르고는 다시 자세를 잡았다.

"거참, 이럴 때는 최선을 다해 보라고 말해 보시든가요."

*　　　　*　　　　*

"오늘 물이 오를 대로 올랐네."

6회까지 무실점으로 틀어막은 상진이 내준 건 어쩌다가 맞은 행운의 안타 하나뿐이었다.

게다가 방금 전에 던진 슬라이더가 종으로 떨어지는 모습은 무릎을 탁 칠 정도로 대단했다.

원정 경기임에도 인천 드래곤즈의 팬들마저 감탄할 정도였다.

"이상진! 이상진!"

더그아웃으로 돌아오는 이상진을 향해 환호가 쏟아졌다.

인천 드래곤즈의 응원석이 있는 1루 쪽 관중석은 침묵했지만, 3루 원정 응원석을 비롯하여 외야까지 온통 이상진을 외치는 목소리뿐이었다.

"이거 얼른 점수를 못 내면 우리만 욕먹겠는데?"

"하지만 저쪽 투수도 만만찮으니까요."

외국인 투수 에스테르의 구속은 아직도 150킬로미터 초중반을 유지하고 있었다.

상진도 비슷한 구속을 유지하고 있는 만큼 서로 구속 대결을 펼치는 듯한 모습이었다.

게다가 예전과 다르게 변화구를 종종 섞어서 던졌기에 대처가 까다로웠다.

"야, 이놈들아. 지난번처럼 또 욕먹을 생각은 아니지?"

"에이, 누가 욕을 먹는다고 그러십니까, 감독님."

"이번에는 점수를 내야죠."

0 대 0의 균형을 깨뜨려야만 승리를 가져갈 수 있다.

이상진이 이 정도의 호투를 보여 줬음에도 승리를 가져가지 못한 게 어디 하루 이틀인가.

게다가 오늘은 20승이 걸려 있는 날이기도 했다.

이상진의 20승 달성을 위해서라도, 충청 호크스의 5위 확정을 위해서라도.

그리고 목적은 하나 더 있었다.

"상진아, 오늘 이겨서 20승 달성하면 진짜 한턱 쏘는 거냐?"

"내가 아주 값비싼 소고기를 사 줄 테니까 걱정하지 마세요."

"구단 법인 카드로 퉁 치려는 거면 안 먹을 거다."

"내가 미쳤다고 소고기를 구단 법인 카드로 후려치려고 하겠습니까? 걱정하지 마세요. 내 돈에서 깔 테니까."

선수들과 코칭스태프까지 전부 킬킬거리면서 공격을 준비했다.

그들의 얼굴에서는 긴장이라고는 눈곱만큼도 찾아볼 수 없었다.

물론 마음속에는 약간의 불안감이 남아 있었다.

하지만 그걸 전부 씻어 내고 승부에 몰입할 수 있을 정도로 팀의 분위기는 활기찼다.

그 중심에는 바로 이상진이 있었다.

"가자! 소고기를 향해서!"

"썩을 놈들. 나 벗겨 먹을 생각뿐이지? 이 나쁜 놈들아."

서로 킬킬거리면서 타석으로 나갔다.

서로 신뢰하며 또 믿어 주고 이렇게 악의 없는 농담을 주고받으면서 여기까지 왔다.

"충청 호크스! 화이팅! 화끈하게 점수 내 보자!"

원정석에서 들려오는 목소리를 들으면서 펜스에 서 있던 팀원들 전부 목소리 높여 응원했다.

그리고 과자를 들고 펜스에 서 있던 상진은 카메라가 자신을 찍는 모습을 발견하고 씩 웃었다.

"널 찍는 거 아니냐?"

"찍고 싶은가 보죠."

상진은 카메라를 향해 손을 흔들고 들고 있던 파이류 과자세 개를 연속해서 입 안에 집어넣었다.

마치 삼키듯이 들고 있던 과자를 삭제하는 그의 모습은 이제 너무 익숙했다.

*　　　　*　　　　*

이상진의 투구 폼은 크게 스리쿼터, 사이드암, 언더핸드, 이세 가지로 구분이 된다.

던질 수 있는 구종은 포심, 투심 패스트볼에 컷 패스트볼, 슬라이더와 커브, 체인지업이었다.

이걸 조합하면 엄청난 패턴이 등장하게 되고 선수들은 그걸 제대로 파악하지 못해 대응할 수 없었다.

하지만 인천 드래곤즈는 오늘 그 패턴에 유사성이 있는 걸 확인했다.

"예상대로입니다."

"정말 예상대로인가?"

"예. 그동안의 데이터를 토대로 오늘 구종을 확인해 봤는데 확실합니다."

이상진의 패턴은 본인만의 공 배합이 없다는 게 특징이었다.

그래서 인천 드래곤즈의 전력 분석팀과 코칭스태프는 다른 부분에서 착안을 했다.

투수 자신에게 일정한 패턴이 없다면 상대 타자별로 나오는 패턴이 있지 않을까.

그리고 그 발상은 적중했다.

"타자에 맞춰 던지는 투수라고는 알고 있었지만, 설마하니 자기 자신의 스타일을 아예 없애 버릴 줄이야."

"결국 타자들만 자기 스타일대로 하려다가 당하는 식이었으니까요."

예를 들자면 어퍼 스윙을 하는 최자석에게 투수들은 주로 몸 쪽 승부를 해 왔다.

그래서 그걸 피하지 않고 맞아주거나, 혹은 몸 쪽 공을 당겨쳐 왔다.

그런데 이상진은 그것과 다르게 움직였다.

그동안 투수들에게 몸 쪽 공략을 많이 당한 최자석에게 스트라이크존 위아래를 공략하다가 어느 순간 바깥쪽을 노려 왔다.

평소 그에게 몸 쪽 공이 하도 많이 날아오니 이걸 역으로 노리는 전략이었다.

"다른 투수들에게 얼마나 적응됐는지도 파악해서 그걸 역으로 이용한다니."

타자나 투수 모두 눈앞에 있는 상대에게 집중한다.

하지만 이상진은 오히려 그 타자가 여태까지 겪어왔던 투수들의 성향과 그들이 타자를 어떻게 상대해 왔는지까지를 고려하고서야, 비로소 데이터로 이용했다.

무시무시한 능력이 아닐 수 없었다.

"그러면 패턴을 어떻게 좁힌다는 겁니까?"

"간단합니다. 이건 가위바위보와 마찬가지니까요. 이상진은 우리 타자들이 무얼 낼지 알고 그걸 역으로 이용합니다. 그러면 우리는 거기에서 하나 더 생각해 두면 되죠."

지피지기면 백전불태다.

이 말은 전쟁만이 아니라 어떤 스포츠에서도 적용되는 말이다.

이상진은 그동안 통례적으로 보이는 데이터만이 아니라, 그보다 더 나아가서 타자들을 상대해 왔다.

그렇다면 이쪽 역시 그보다 더 위로 올라가서 상대하면 그만이다.

"조금 더 일찍 확인했으면 좋았을 것을."

그랬다면 보다 일찍 이상진을 무너뜨릴 수 있지 않았을까.

물론 지금 와서 이런 이야기를 하는 건 너무 늦었다.

그나마 오늘에서야 확인한 게 다행이었다.

"그런데 이상진이 과연 올라올까? 우리가 2위를 한다고 해도 호크스는 두 팀이나 상대해야 할 텐데."

"당연히 올라옵니다. 올라오지 않더라도 나쁠 건 없죠. 이상진을 상대한 팀이 온전할 리 없으니까요."

그래도 임경혁 감독은 여전히 불안한 얼굴이었다.

최상득 투수 코치는 자신만만하게 웃었다.

"걱정하지 마십시오."

그는 들고 있는 종이 뭉치를 손으로 툭툭 치며 장담했다.

"데이터를 이길 수 있는 건 데이터뿐입니다."

와일드카드전

「충청 호크스, 5위 확정. 가을 야구를 할 5팀이 모두 결정되다」

「이상진이 거둔 20승, 한국 프로야구사에 길이 남을 대기록」

「노히트노런의 투수 이상진, 퍼펙트게임은 언제쯤?」

「사라지는 과자들, 버뮤다 삼각지대를 능가하는 이상진의 위장」

박종현 단장은 박장대소하며 컴퓨터 화면을 돌렸다.

마지막에 뭔가 묘한 기사가 섞여 있는 듯했지만 상관없었다.

2007년 이후로 제대로 올라오지 못했던 가을 야구를 드디어 할 수 있게 되니 그룹 고위층에서도 축전을 보내왔다.

말 그대로 충청 호크스는 축제 분위기였다.

"후우, 임기가 끝나기 전에 어떻게든 해냈다."

"문제는 어디까지 올라갈 수 있느냐겠죠."

"그건 감독님께서 복안이 있으리라 생각하고 있습니다만."

단장실에서 마주보고 있던 한현덕 감독은 차를 호로록 들이켰다.

진지한 그의 얼굴에는 평소와 같은 미소는 찾아볼 수 없었다.

"솔직히 말해서 전력의 반 이상은 이상진입니다."

"알고 있습니다. 이상진이 투입되는 경기를 무조건 잡는다고 가정할 경우의 계획은 어떻습니까?"

"우선 와일드카드 1차전에는 당연히 이상진을 투입하고 2차전에는 안토니를 투입할까 생각중입니다. 그리고 만약의 경우 마이카를 투입할까 합니다."

와일드카드는 4위와 5위가 맞붙는다.

어드밴티지를 얻는 4위 팀은 1승, 혹은 무승부를 한 경기만 거두어도 자연스럽게 준플레이오프로 올라갈 수 있다.

하지만 5위인 충청 호크스는 이 두 경기를 모두 잡아야만 위로 올라갈 수 있다.

"이럴 줄 알았으면 작년에 FA라도 좀 잡아 두는 게 어땠나, 좀 아쉽네요."

"이미 지난 일을 후회해서 뭐 하겠습니까. 그래서 감독님은 어디까지가 마지노선이라고 보십니까?"

한현덕 감독은 찻잔을 입에 가져가 다시 한 모금 마셨다.

대답은 쉽지 않았다.

몇 번이고 코치들과 함께 경기를 예측해 봤고, 가장 좋은 방법이라 생각되는 작전을 준비해 두었다.

　하지만 이것들이 100퍼센트 들어맞는다고 해도 충청 호크스의 부족한 전력은 어쩔 도리가 없었다.

　망설이던 현덕은 힘겹게 현실을 털어놓았다.

　"많이 가 봤자 플레이오프 정도라고 생각됩니다."

　"이상진의 등판 일정을 좁혀보면 어떻습니까?"

　"선발 일정을 최대한 고려했습니다. 4일에 한 번씩 등판해 보도록 조정하려고 생각 중입니다."

　와일드카드전에 등판하게 된다면 준플레이오프의 경우, 빠르면 2번째 경기에 등판할 수 있다.

　안토니와 마이카, 두 외국인 투수도 적절하게 돌려서 등판한다면 얼마든지 우승 가능성을 엿볼 수 있었다.

　"문제는 다른 선수들입니다."

　"음, 역시 그렇군요."

　"시즌을 치르면서 젊은 애들은 체력이 급격히 떨어졌고, 베테랑급 선수들은 기량이 떨어지고 있어서 애매합니다. 이대로 포스트 시즌을 치르다 보면 분명 어딘가에서 탈이 날 겁니다."

　이상진은 절정의 기량을 뽐내며 충청 호크스의 태양이 됐다.

　하지만 그 빛이 너무 강렬한 탓일까.

　다른 선수들의 기량은 그에 미치지 못하는 수준이었다.

　에이스 하나만 믿고 가야 하는 상황이었기에 팀 전력은 곳

곳이 불안정했다.

"그래도 우리는 우선 1차 목표는 달성했습니다."

우선 가을 야구, 포스트 시즌 진출이 충청 호크스의 1차 목표였다.

그걸 달성한 이상, 더 큰 목표를 노리는 게 당연.

하지만 프런트와 구단에서는 그걸 지원할 뿐이고, 결정하는 건 현장이다.

"무리하라는 말씀은 드리지 않겠습니다. 현장의 판단을 우선하고 감독님께 경기 운영의 전권을 맡기겠습니다."

충청 호크스가 바랄 수 있는 건 기적뿐이라는 걸 코칭스태프와 구단 수뇌부는 이미 알고 있었다.

그렇기에 할 수 있는 최선을 다할 뿐.

"진인사대천명이라고 했죠."

"인간으로서 해야 할 일을 다하고 나서 하늘의 명을 기다린다. 이런 뜻이었죠?"

"우리는 우리가 할 수 있는 최선을 다해야겠죠."

한현덕 감독은 남아 있던 차를 단숨에 들이켜고 자리에서 일어났다.

단장과의 조율이 끝났으니 선수들의 훈련을 살피고 와일드카드전을 준비해야 했다.

"그런데 이상진은 뭐라고 합니까?"

*　　　　*　　　　*

"강북 브라더스라……."

와일드카드전에서 맞붙을 팀은 4위 강북 브라더스였다.

우중일 감독의 체제 아래에서 단단하게 팀을 재정비했지만, 막판에 힘이 떨어지는 바람에 4위가 된 팀이었다.

그렇다고 해서 얕볼 만한 팀은 절대 아니었다.

"어때? 승산은 있어 보이냐?"

"당연히 있죠. 제가 누굽니까."

"우물거리면서 말하지 마라, 튄다."

빵 쪼가리를 입에 물고 말하는 바람에 부스러기가 튀었다.

질겁하면서 물러선 박달재 코치는 짜증스러운 얼굴로 자료를 건네줬다.

"저쪽 1선발은 패트릭이 나온다고 했지? 어때 보이냐?"

"1선발로 나올 만한 투수죠. 우리도 호되게 당해 봤잖아요."

시즌 144경기를 치르며 세 번 만나 봤던 강북 브라더스의 1선발 패트릭은 말 그대로 기교파 투수였다.

최고 구속은 150킬로미터를 간신히 넘는 수준이었지만, 뛰어난 변화구로 타자를 농락하는 타입이었다.

상진도 그의 공을 일부나마 참고했을 정도로 볼 끝이 너무 지저분했다.

"1차전은 무조건 1점 싸움이 되겠네요."

"아마도 그렇겠지? 2차전에 나오는 필립은 패트릭과 성향이 비슷해서 아무래도 눈에 익을 것 같아."

순순히 점수를 내도록 놔두지 않을 것이다.

그렇다고 해도 자신이 출전하는 경기만큼은 꼭 잡아야 했다.

패넌트 레이스 때와 다르게 압박감이 가슴 한편을 묵직하게 짓눌러 왔다.

"포심 패스트볼과 투심 패스트볼의 구속 차이가 크게 나지 않는다는 게 참 골치 아픈 투수네요."

"그런데 네가 왜 저쪽 타자가 아니라 투수를 공부하고 있냐?"

"이미지해 보고 있거든요."

상대 투수의 심리를 읽어보고 다음 투구를 맞춰 보는 일은 시즌 중에도 몇 번이나 했다.

그걸 통해서 타자들에게 어떤 매커니즘으로 공이 날아올지 알려줬더니 타율이 약간이나마 올라가는 등 효과가 좋았다.

그래서 그걸 포스트 시즌 때도 해 볼 생각이었다.

"타자들에 대한 데이터는 충분하고?"

"있다가 볼 생각이에요."

"그래. 네가 어련히 잘 알아서 하겠지. 내일을 생각해서 충분히 쉬어 둬라."

박달재 코치가 가자 교대하듯 재환이 다가왔다.

다른 투수들의 공을 받아 주다가 쉬러 온 그는 태블릿 PC의 영상을 집중해서 보는 상진의 옆에 털썩 앉았다.

"우리 애들한테는 좀 버거워 보이던데."

"밑도 끝도 없이 그런 말로 시작하지 마세요."

"무슨 뜻인지는 알잖냐."

"그건 저쪽도 마찬가지일 거예요."

"어쭈?"

상진은 영상을 멈추고 고개를 들며 자신만만한 표정을 지었다.

작년까지 어딘가 모르게 소심하고 움츠러든 모습이었다면, 올해는 에이스답게 자신감이 넘쳐흘렀다.

그러면서도 자만으로 이어지지 않는 건 과거의 경험 덕분이었다.

"그래도 조심하자. 가을이 되면 시즌 때하고는 다르게 미친 놈이 한둘쯤 나올 수 있으니까."

재환은 아직은 아니더라도 혹시 상진의 자신감이 자만으로 넘어가지 않을까 주의를 주려고 왔다.

하지만 상진은 자만할 생각도, 자신감을 잃을 생각도 없었다.

재환이 물러나자 상진은 시스템과 스테이터스 창을 띄웠다.

[사용자: 이상진]

─체력: 100/110

─제구력: 94/100

─수비: 82

─최고 구속: 시속 155킬로미터

─평균 회전수: 2,387RPM

─보유 구종: 포심 패스트볼(A), 커브(A), 슬라이더(A), 체인지업(A), 투심 패스트볼(A), 컷 패스트볼(C)

─보유 스킬: 먹어서 남 주냐, 먹을 때는 개도 안 건드린다, 일찍 일어나는 새가 먹이도 많이 잡는다, 둘이 먹다가 하나 죽어도 모른다, 맛있게 먹으면 0칼로리

─남은 코인: 52

능력치를 얻기 위해서는 코인을 두 개 이상 사용해야 하니 총 26번을 사용할 수 있다.

상진은 문득 코인을 사용하는 게 엄청 오랜만인 것처럼 느껴졌다.

'그러고 보니 한동안 코인을 잘 안 썼지.'

어느 정도 실력이 된 이후부터는 딱히 경기 운영이나 타자를 상대하는 데 어려움을 겪지 않았다.

하지만 재환이 이야기한 대로 가을 야구는 단기전인 만큼 미지의 불안 요소가 존재한다.

[수비가 1 증가합니다.]

[회전수가 11 증가합니다.]

[구속이 1 증가합니다.]

[수비가 1 증가합니다.]

[수비가 1 증가합니다.]

[제구력이 1 증가합니다.]

수비 능력치가 상대적으로 낮아서인지 조금 더 많이 올라갔다.

우선 20개만 써야지, 하면서 코인을 꾸준히 쓰던 상진은 중간에 갑자기 떠오른 메시지에 손을 멈췄다.

[제구력 수치가 상한선에 도달했습니다.]

그리고 상진의 눈이 동그랗게 변했다.

[제구력 수치가 전환됩니다.]

*   *   *

―안녕하십니까! 야구의 가을이 개막하는 이곳은 와일드카드전이 벌어지는 송파 구장입니다!

―오늘 5위 충청 호크스와 4위 강북 브라더스가 맞붙게 되는데요. 양 팀의 긴장감이 고스란히 느껴집니다.

―이번에 충청 호크스의 기세가 올라와 있는데, 오늘의 선발 투수가 이상진 선수입니다.

―두 팀은 상대 전적이 8승 8패로 팽팽합니다. 1승을 안고 시작하는 강북 브라더스가 과연 오늘 경기를 잡아낼 수 있을지 궁금하네요.

장비를 점검하는 상진에게 한현덕 감독이 다가왔다.

"오늘 선발이라서 떨리냐?"

"아뇨. 어젯밤에 잠도 푹 자고 컨디션도 최곱니다."

사실 감독님에게 나름대로 감사하고 있었다.

오늘 선발로 등판할 때까지 5일 동안 평소의 로테이션대로 쉬었다.

전부 시즌 중반부터 교묘하게 일정을 하루씩 앞뒤로 조정한 덕분이었다.

"그러면 오늘은 15회까지 맡겨도 되겠냐?"

"무승부를 하시게요? 그건 좀 아니잖아요?"

와일드카드전은 4위가 무승부를 거두기만 해도 확정적으로 올라가게 되므로 5위는 벌어지는 두 경기를 무조건 승리해야 한다.

물론 한현덕 감독도 농담조로 한 이야기였다.

"물론 아니지. 당연히 그 전에 점수를 내고 승부를 결정지어야겠지."

"1점만 내주시면 됩니다."

9회까지 무실점으로 버티겠다는 말을 돌려 말했다.

예전에는 아슬아슬하고 위태로워 보이던 모습은 온데간데없었다.

이제는 팀을 지탱하는 대들보로서의 위엄이 묻어 나오는 에이스가 여기에 있었다.

한 손엔 한 입 베어 문 닭다리를 들고 있다는 것만 빼고.

"이제 슬슬 시작하겠다. 준비하고 나가라."

"준비는 아까부터 했다구요."

투덜거리면서 상진은 오른손을 쥐락펴락하며 숨을 골랐다.

우승을 향한 여정의 시작이었다.

* * *

가을 야구가 되면 미치는 놈이 나온다.

상진은 심판의 경기 시작 신호를 들으며 어제 재환에게 했던 말을 떠올렸다.

그만큼 경계해야 한다는 말이었다.

'하지만 재환이 형, 다르게 생각할 수도 있잖아요?'

타자가 타석에 서자 시스템 메시지가 떠올랐다.

그걸 물끄러미 바라보며 상진은 글러브 안에서 공을 만지작거리며 그립을 쥐었다.

[식사 시간이 되었습니다.]

[상대방의 포식 포인트가 표시됩니다.]

[타자의 포인트는 78입니다.]

와인드업 자세에 이어 상진은 하체부터 팔꿈치까지 온힘을 실어 던졌다.

[156km/h]

"스, 스트라이크!"

심판의 스트라이크 콜이 울려 퍼짐과 동시에 관중석에서 환호가 터져 나왔다.

이상진의 최고 구속이 경신되는 순간이었다.

그리고 상진은 씩 웃으며 공을 받아 들었다.

오늘따라 실밥을 만지는 손의 감촉이 너무 마음에 들었다.

"자, 그러면 이제 미쳐 볼까요?"

두근거리는 가슴을 안고 공을 던진다.

자신이 세운 목표가 손을 뻗으면 잡을 수 있는 곳까지 도달했다.

무엇보다 이번에 얻은 무기는 그만큼 상진에게 힘을 주고 있었다.

"스트라이크! 타자 아웃!"

[타자를 아웃시켰습니다. 66포인트가 지급됩니다.]

손을 떠난 공은 완벽하게 목표했던 곳에 틀어박혔다.

올해 시스템을 얻고 상진은 스트라이크존을 가로 2칸, 세로 3칸으로 총 6분할해서 던졌다.

제구력이 점점 좋아지면서 더욱 세심하게 던질 수 있게 됐고 바로 엊그제까지만 해도 9분할로 던지는 게 가능할 정도였다.

[사용자: 이상진]

―체력: 107/110

―제구력: MAX

―수비: 92

―최고 구속: 시속 156킬로미터

―평균 회전수: 2,423RPM

―보유 구종: 포심 패스트볼(S), 커브(A), 슬라이더(A), 체인지업(A), 투심 패스트볼(A), 컷 패스트볼(B)

─보유 스킬: 먹어서 남 주냐, 먹을 때는 개도 안 건드린다, 일찍 일어나는 새가 먹이도 많이 잡는다, 둘이 먹다가 하나 죽어도 모른다, 맛있게 먹으면 0칼로리, 완벽한 레시피.

─남은 코인: 0

[완벽한 레시피]

─당신의 요리는 언제나 일품! 이제 당신의 레시피는 완벽한 맛을 우려낼 수 있게 됐습니다! 경기에서 당신은 타자를 당신의 완벽한 레시피대로 정확하게 요리해 보세요!

완벽한 레시피로 만들어지는 완벽한 요리, 그리고 완벽한 제구력이었다.

제구력 수치가 100이 되면서 스킬로 전환됐다.

이제는 9분할이 아니라 15분할을 해도 될 정도로 원하는 곳에 공이 틀어박혔다.

생각보다 아주 약간씩 어긋나던 공은 이제 상진이 원하는 대로 날아갔다.

"스, 스트라이크! 타자 아웃!"

"후우, 좋아."

[타자를 아웃시켰습니다. 92포인트가 지급됩니다.]

방금 전에도 바깥쪽으로 꽉 찬 공을 집어넣었다.

심판조차도 순간적으로 반응하지 못할 정도로 예리한 공이었다.

하지만 던지는 투수나 받아치려고 했던 타자나 알고 있었다.

이 공이 제대로 된 스트라이크존 안에 틀어박혔단 사실을.

4회까지 11개의 아웃카운트 중에 무려 7개를 삼진을 잡아낸 상진은 마운드 위에서 가볍게 숨을 토해 냈다.

즐거웠다.

이렇게 즐거운 적은 참 오랜만이었다.

'이게 가을 야구지.'

144경기나 하던 패넌트 레이스와는 전혀 다른 기분이었다.

던지는 공 하나하나에 열기가 담겨진 듯한 착각이 들 정도로 상진은 흥분 상태였다.

그러면서도 활화산처럼 불타오르는 가슴과 반대로 상대 타자들을 가볍게 농락할 정도로 머리는 차갑게 식어 있었다.

"그리고 이제야 발동이 걸리셨군."

6번 타자로 등장한 김연수는 잔뜩 굳은 얼굴로 이쪽을 노려 봤다.

긴장으로 딱딱해진 얼굴과 달리 몸은 그다지 굳어 있지 않았다.

오히려 유연한 폼으로 이쪽의 공을 노려서 칠 준비가 끝나 보였다.

'아까는 잔뜩 굳어 있더니만.'

미국을 다녀온 데다가 가을 야구 경험이 풍부하다고 해도 긴장되는 건 마찬가지일까.

과거 강남 그리즐리에서 숱하게 가을 야구를 해 본 김연수도 첫 타석에서는 잔뜩 굳어 있었다.

하지만 지금은 긴장이 어느 정도 풀린 모습이다.

"파울!"

"역시!"

사이드암으로 가볍게 바깥쪽 낮게 깔아서 던진 공이 1루 파울라인 밖으로 벗어났다.

하지만 이게 커트될 줄 미리 예상하고 있었던 상진은 씩 웃었다.

'계산대로야.'

예전보다 수비력이나 주력은 떨어졌어도, 타격만큼은 아직도 국내에서 수위급인 타자였다.

이 정도의 공은 건드릴 만한 역량이 있으리라 생각했다.

게다가 아까 타석에서는 삼진을 당했다.

스트라이크존에 조금이라도 걸친다면 노려 올 것이 뻔했다.

그리고 예상대로 바깥쪽에 아슬아슬하게 걸치는 공에 배트가 나왔다.

'여전하시구만.'

2구째도 사이드암이었다.

요새 사이드암으로 던지는 투수들이 꽤 줄어들어서 잊어버린 사람이 많지만, 김연수는 사이드암 투수에게 약했다.

살짝 떠오르는 듯한 투심 패스트볼은 그대로 포수 미트 안에 빨려들어 갔다.

"스트라이크!"

평소 이상으로 컨디션이 좋았다.

가을 야구를 하면서 버프라도 받은 게 아닌가 싶을 정도로 공을 잡아채는 손맛이 일품이었다.

"스트라이크! 타자 아웃!"

김연수마저 삼진으로 돌려세운 상진은 두 손을 치켜들며 만세 자세를 취했다.

그러자 강북 브라더스의 홈구장이었음에도 관중들은 이상진의 이름을 부르며 환호했다.

*   *   *

"6회까지 점수를 내지 못하면 전부 교체한다."

우중일 감독의 지시는 단호했다.

오늘 이상진을 최대한 괴롭히고 불펜을 끌어낸다는 작전이었지만, 그건 실패했다.

그렇다면 주전을 빨리 교체해서 쉬게 하고 내일의 승부에 전력을 기울여야 했다.

"그나저나 정말 짜증 나네. 저걸 어떻게 해야 하나."

아마 다른 구단들도 충청 호크스가 아니라 강북 브라더스가 올라오길 기도하고 있을 것이다.

이렇게 생각하니 우중일 감독은 더욱 짜증스러웠다.

어째 5위인 호크스보다 4위인 자신들이 더 만만하게 여겨지는 사실이 싫었다.

그렇다고 그 원흉을 어찌할 도리가 없었다.

마운드 위에서 호쾌한 투구를 이어 나가는 상진을 원망 섞인 시선으로 바라봤다.

"내일 승부는 확실하게 잡아 낼 수 있겠지?"

"물론입니다. 내일은 이상진이 올라오지 않으니까요."

"확실하게 짓밟고 올라가야 한다."

애초에 오늘 전력을 투입할 생각은 없었다.

2판 중에 하나만 잡아 내도 준플레이오프에 진출하는 만큼 우중일 감독의 시선은 이미 내일로 가 있었다.

'오늘은 내주마. 하지만 내일은 어림도 없다.'

강북 브라더스는 주전급을 교체하고 불펜에서 패전조를 투입하며 서서히 내일을 준비했다.

그리고 충청 호크스 역시 그들의 움직임을 예의 주시하고 있었다.

＊   ＊   ＊

1차전은 누구나 예상할 수 있었던 것처럼 이상진의 완봉승으로 끝났다.

스포츠 토토 사이트에서도 배당률을 최저로 잡을 정도로 충청 호크스의 1승은 이미 예상된 것이나 다름없었다.

경기가 끝나기 전부터 야구팬들의 시선은 와일드카드 2차전으로 향해 있었다.

코칭스태프와 선수단이 전부 모인 자리에서도 먹을 것을 손에서 놓지 못하는 그를 향해 한현덕 감독이 핀잔을 주었다.

"진짜 징하게 먹어 댄다."

"이제는 익숙해질 때 되지 않았어요?"

"그 뻔뻔스러움에는 익숙해지질 않는다."

그래도 이상진이 경기를 완벽하게 틀어막았기에 오늘 2차전이 편안해졌다.

이 정도 뻔뻔함은 어느 정도 감수할 수 있었다.

상진은 연습 투구를 하고 있는 안토니를 보며 턱을 괴었다.

이제 곧 2차전이 벌어지게 된다.

하지만 전력상 불안한 건 어쩔 수가 없었다.

상진은 이런저런 결과를 머릿속으로 예측해 보며 상대 팀 더그아웃을 바라봤다.

"오늘 어때 보이냐?"

"전체적인 관점에서 어제를 생각하셔야 하지 않겠어요? 어제 1점밖에 내지 못했어요."

예견했던 대로 빈약한 공격력이 발목을 잡고 있었다.

하루 이틀 만에 해결될 문제가 아니었기에 어떻게든 임시방편을 마련해 보려 했지만, 해결될 기미는 보이지 않았다.

"네 조언도 딱히 도움은 되지 않더라."

"투구 폼이나 타격 폼을 조정하는 데는 시간이 많이 필요하니까요. 시즌 중에 그걸 조정하면 어느새 본래의 폼으로 돌아오죠."

이건 선수들 개개인의 흡수력에서 차이가 있기에 생기는 문제였다.

데이터가 있다고 한들 우선시되어야 하는 건 선수들의 기량
이다.

팀이 반파되었던 충청 호크스로서는 지금 상황을 제대로 헤
쳐 나가기엔 무리였다.

믿을 건 오로지 투수진뿐.

"감독님! 인터뷰 시작합니다."

            *   *   *

"과연 충청 호크스가 올라올 수 있을까?"

애당초 여태까지 와일드카드전에서 1승이라도 거둔 팀은 여
태까지 2016년의 광주 내셔널스뿐이었다.

4위와 5위의 전력 차를 생각하면 어제의 1승은 큰 의미가 있
었다.

하지만 4위가 무승부만 해도 준플레이오프로 올라갈 수 있
는 만큼, 충청 호크스는 아직도 불리했다.

그건 인터뷰를 한 강북 브라더스의 우중일 감독도 똑같이
생각하고 있었다.

2차전이 시작되기 전의 인터뷰에서 기자들은 우중일 감독에
게 연신 질문을 던져 댔다.

"1차전에 이상진이 등판할 걸 예상하셨습니까?"

"물론입니다. 이상진이 등판하리라 생각했고, 우리는 2차전

에 모든 것을 걸기로 결정했습니다."

"그건 이상진 선수를 상대하기 싫어서 피한다는 말씀이신가요?"

기자의 도발적인 질문에 우중일 감독의 얼굴이 순간 시뻘게졌다.

이상진이 두려워서 피하는 건가.

하지만 이내 감정을 가라앉힌 우중일의 입에서 놀라운 이야기가 흘러나왔다.

"이상진은 올 한해 최고의 성적을 거둔 한국 최고의 투수입니다. MVP 수상은 아직 결정되지 않았지만, 누가 받을지 다들 예상하고 계실 겁니다."

그 말에 기자회견장이 조용해졌다.

설마하니 우중일 감독이 이상진을 두려워한단 사실을 인정할 줄은 몰랐다.

하지만 그 말에 누구도 도발적인 질문을 던지지 못했다.

"이상진을 피하고 2차전을 노리는 것. 두렵기에 피하는 건 당연한 일입니다. 전쟁에서 이기기 위해서는 때론 버리는 것도 있어야 합니다. 우리 브라더스는 2차전에서 승리하고 준플레이오프에 올라가겠습니다."

당당한 포부에 기자들 중 몇몇은 박수까지 보냈다.

그리고 이어서 인터뷰를 한 한현덕 감독은 우중일 감독의 이야기를 전해 듣고 웃음을 터뜨렸다.

"당연한 일입니다. 저라도 이상진을 거르고 2차전을 준비했겠죠."

"그러면 이렇게 될 것을 미리 아셨다는 뜻인가요?"

"물론입니다. 이상진을 거르고 2차전에 투입하는 건 당연한 일이죠. 이쪽도 그렇게 되리란 걸 예상하고 있었습니다."

한현덕 감독도 이상진을 거르는 게 오히려 당연하다는 듯이 말하고 있었다.

홍미진진한 인터뷰는 거기서 끝나지 않았다.

"그렇다면 2차전을 충분히 대비하셨단 말씀이십니까?"

"이상진 선수가 9이닝을 전부 막아 주고 완봉승을 거둔 덕분에 불펜은 푹 쉴 수 있었습니다. 이번 2차전은 남은 총력을 기울여서 10년이 지나서야 맞이한 충청 호크스의 가을 야구를 더욱 길게 끌고 가겠습니다."

우중일 감독은 이상진을 피해서 2차전에 올인하겠다고 선언했으며, 한현덕 감독은 그럴 걸 예상해서 역시 2차전에 올인하겠다고 맞대응했다.

그렇게 전국의 야구팬들에게 주목받는 와일드카드 2차전이 시작됐다.

*　　　*　　　*

"플레이볼!"

어제와 마찬가지로 원정팀인 충청 호크스의 공격으로부터 시작됐다.

오늘 승리해야 대전에 있는 홈구장에 가서 홈 팬들에게 제대로 된 가을 야구를 구경시켜 줄 수 있다.

1번 타자는 이제 부동의 2루수로 자리를 굳힌 정은일이었다.

"아웃!"

2구째에 섣부르게 배트를 휘두른 은일이 죽어라 뛰었지만, 공은 먼저 1루에 도착해 있었다.

상진은 아무런 소득 없이 세 타자가 물러나는 모습을 보면서 상대 선발투수인 필립의 투구를 유심히 바라봤다.

어제 던졌던 패트릭과 오늘 던지는 필립의 플레이 성향이 비슷하기에 타자들이 잘 대처할 거라고 생각했었다.

그런데 생각보다 타자들의 대응이 제대로 이루어지지 않았다.

'일단 안토니가 잘 막아 주기는 하겠지만 난감하네.'

점수를 내지 못한다면 승리할 수 없다.

무승부가 되면 불리한 건 충청 호크스 쪽이었다.

그렇다면 어떻게든 점수를 내서 승부를 봐야 했다.

'패스트볼과 슬라이더를 위주로 승부하면서도 우타자에게는 투심, 좌타자에게는 커터를 섞어서 몸 쪽을 공략하는 골치 아픈 유형이지.'

게다가 안쪽 바깥쪽 전부 가리지 않고 공략함으로써 타자를 농락할 줄 아는 투수였다.

어떻게 보면 구속을 제외하고 상진 자신과 가장 흡사한 유형이기도 했다.

'포심, 투심, 슬라이더. 그다음은 슬라이더였고 투심, 커터인 가.'

올해 방어율을 2점대로 마무리 지은 투수답게 예리한 승부를 이어 나갔다.

특히 강북 브라더스의 포수인 유경남의 리드도 훌륭했다.

호크스가 브라더스의 데이터를 가지고 있다면, 브라더스 역시 호크스의 데이터를 가지고 있다.

어제의 경기가 이상진의 원맨쇼였다면, 오늘 벌어지는 경기는 데이터를 얼마나 잘 활용하느냐의 싸움이었다.

그리고 이상진은 마침내 고개를 끄덕였다.

'역시 그렇구나.'

반격의 실마리를 붙잡았다.

3회까지 경기를 지켜보던 상진은 오늘 필립의 패턴이 어떤지 알아냈다.

스트라이크존을 상하좌우 골고루 사용하는 투수이기에 까다롭긴 했어도 알아내는 건 어렵지 않았다.

수비가 끝나고 4회 초 선두 타자로 들어서려는 은일을 불렀다.

"은일아. 초구가 포심으로 높게 들어오면 2구째는 분명히 낮은 공이 스트라이크로 들어온다. 그리고 2구가 낮게 들어오면 3구째는 다시 높게 올 거다."

"예?"

"그렇게만 알아 둬. 알았지? 초구는 지켜봐라."

갑작스러운 상진의 말에 은일은 고개를 갸웃거리면서 타석으로 향했다.

하지만 방금 전에 나온 조언을 무시하지는 않았다.

예전에도 상진은 간간이 조언을 해 줄 때가 있었다.

그럴 때마다 대부분 맞아떨어져서 꽤 놀랐었다.

'과연 초구는?'

팡 하는 소리와 함께 바깥쪽 높게 포심 패스트볼이 날아왔다.

공이 꽂힌 위치를 확인한 은일의 눈이 동그랗게 떠졌다.

상진이 말한 대로 초구가 스트라이크존 위쪽에 날아왔다.

다음 공은 굳이 배트를 내지 않아도 될 정도로 바깥쪽으로 나가는 볼이었다.

'그럼 3구째는 정말 낮게 날아오는 걸까?'

구종이 뭔지, 혹은 바깥쪽인지 안쪽인지는 확실하지 않았다.

그래도 은일은 다음 공에 집중하며 투수의 투구 동작에 온 신경을 집중했다.

그리고 힘차게 배트를 휘둘렀다.

따악!

바깥쪽으로 낮게 깔려 날아오는 슬라이더를 힘차게 걷어 낸 은일은 정신없이 뛰었다.

1루 베이스를 찍고 2루까지 내달린 은일은 몸을 날려 손으로 베이스를 짚는 데 성공했다.

─충청 호크스의 첫 안타가 나왔습니다! 정은일 선수의 2루타!

─마치 노렸다는 듯한 스윙이네요. 바깥쪽으로 낮게 들어오는 공을 정통으로 걸어 냈습니다!

─4회가 시작되자마자 득점권에 주자가 나갑니다!

'이제부터 시작이지.'

사실 초반에 공략했으면 했었다.

필립은 몸이 덜 풀리는 1~2회쯤에 쉽게 털리는 경향이 있었다.

하지만 충청 호크스의 타자들은 3회까지 출루를 하지 못하고 틀어막혔다.

초반에 승부를 보지 못하면 무난하게 6~7회까지 상대 타자들을 막는 게 필립의 패턴인데, 다행히 이를 은일이 호쾌하게 뚫은 것이다.

"강민이 형, 이제 나가요?"

"어? 어어. 대기 타석에 가야지. 왜?"

오늘 3번에 3루수로 배치된 송강민은 배트를 챙겨 들고 나가려다가 상진의 부름에 고개를 갸웃거렸다.

"건우 형을 상대하는 필립의 투구 간격이 어떤지 지켜보고 좀 빨라진다 싶으면 초구 바깥쪽을 노려 봐요. 아마 슬라이더일 거예요."

"음? 뭐, 그래 볼게."

예전 같았으면 다혈질인 강민이 투수가 타자에게 참견하지 말라며 으르렁댔을 것이다.

하지만 그는 이미 상진을 팀의 에이스로서 인정하고 조언을 겸허히 받아들일 줄 알았다.

—정건우 선수의 안타! 2루에 있던 정은일 선수를 홈으로 불러들입니다! 선취점은 충청 호크스!

—이거 브라더스가 위험하게 됐네요. 오늘 경기까지 내주게 된다면 한국 프로야구 역사상 처음으로 5위에게 잡히는 4위 팀으로 기록됩니다!

그리고 다음으로 올라온 강민은 나름대로의 힘을 뽐냈다.

상진의 조언을 받아들인 그는 바깥쪽 슬라이더를 향해 배트를 힘차게 휘둘렀다.

따악!

정은일이나 정건우와 다르게 매서운 타격음과 함께 공은 높이 치솟았다.

국내에서도 손꼽히는 크기의 구장인 강남 브라더스의 홈구장을 가로지른 공은 전광판 한가운데에 떨어졌다.

—송강민 선수의 투 런 홈런! 단숨에 3점을 벌어들이는 충청 호크스!

—필립 선수가 고개를 떨구네요. 안타깝습니다.

─충청 호크스가 단숨에 점수를 벌리며 유리한 고지를 선점합니다!

　하지만 상진은 여전히 만족하지 않았다.
　'이제부터 시작이라니까.'

*　　　　*　　　　*

　─안타! 충청 호크스가 7회에만 다섯 개의 안타를 쳐 냅니다!
　─마치 슬라이더를 기다렸다는 듯이 쳐 내는군요! 김대균 선수! 2타수 2안타!
　─다음 타자는 호크스의 6번, 양신우 선수!
　─올해 시즌 중에는 별로 투입되지는 못했지만 선수단 확장 이후로 엔트리에 포함되어 좌익수로 출장하고 있습니다.
　─이것으로 점수는 6점 차! 우중일 감독의 얼굴이 좋지 않군요.

　이미 점수 차는 6점이나 벌어져 역전하기 힘들어 보였다.
　하지만 브라더스의 더그아웃 분위기는 아직도 차분하고 기회를 노리고 있었다.
　상진은 물론 충청 호크스의 코칭스태프와 선수단 역시 그걸 잘 알고 있었다.
　"끈질기네."

"이쯤이면 포기해야 할 텐데."

철벽의 마무리 정우한도 있고 셋업으로 투입할 투수들도 여럿 있었다.

하지만 외국인 투수를 한 경기에 둘이나 연달아 투입하는 건 아무래도 뒷맛이 나빴다.

더군다나 준플레이오프에 올라가게 되면 당장 선발로 올라갈 투수가 궁했다.

"감독님."

"음?"

잔뜩 긴장하고 있던 한현덕 감독은 전혀 예상하지 못한 상진의 부름에 깜짝 놀랐다.

"왜 그러냐?"

"그냥 옛날이야기가 하나 떠올라서요. 감독님이 현역이었을 시절의 이야기지만."

그리고 귓속말로 몇 마디 던져 봤다.

잠자코 이야기를 듣던 한현덕 감독은 그만 웃음을 터뜨리고 말았다.

"그래. 그런 일이 있긴 했었지. 그래서 너도 따라 해 보겠다고?"

"나쁘진 않잖아요? 가볍게 10개만 던져 보고 올 테니까요."

"하여튼 못 말릴 녀석이다. 마음대로 해 봐라."

"감사합니다."

승낙을 받자마자 상진은 자신의 글러브를 챙겼다.

다른 선수들은 대체 무슨 짓을 하려나 궁금한 시선으로 상진이 어디를 가는지 지켜봤다.

상진은 더그아웃에서 길을 따라 아래로 내려갔다.

반쯤 지하에 묻혀 있는 공간.

그곳에는 불펜이 있었다.

―이상진 선수가 불펜으로 들어섭니다.

―이건 예상하지 못했는데요? 어제 선발로 뛴 선수가 다음 날 불펜에 들어가는 게 전례가 없는 건 아닙니다만.

―강북 브라더스에서도 이걸 확인한 듯합니다.

"이런 미친!"

"몸은? 몸 풀기 시작했어?"

"시작했습니다! 공 던지고 있는데요?"

"빌어먹을!"

이상진이 불펜에서 몸을 풀기 시작했다는 소식에 강북 브라더스는 눈에 띄게 동요했다.

말도 안 되는 소리라고 외쳐 봤지만, 공을 던진 시점에서 언제든지 투입될 수 있다는 말과도 같았다.

"저건 허세일 겁니다. 미쳤다고 어제 선발로 던진 투수를 오늘 중간 계투로 투입하겠습니까?"

"하지만……."

그런 비정상적이고 비상식적인 일이 용납되는 게 바로 가을 야구였다.

단기간에 모든 것을 퍼부어야 하는 만큼 팬들도 어느 정도의 혹사도 용납한다.

그만큼 우승이라는 대업에 대한 관심은 패넌트 레이스 144경기에서 민감하게 다뤄지는 혹사도 밀어낼 만큼 대단했다.

"올라올 수도 있겠지."

"감독님!"

"호들갑 떨지 마라."

우중일 감독의 호통에 선수단과 코치들은 일제히 입을 다물었다.

"이상진이 올라온다고 해도 우리는 변하는 게 없다. 역전을 시도하느냐, 아니면 그렇지 않느냐뿐. 아직 우리의 가을 야구는 끝나지 않았다."

만약 이상진이 등판하게 된다면 모든 것이 끝나게 된다.

이런 불안감은 우중일의 가슴속에도 맴돌고 있었다.

하지만 그는 감독이고 선수들을 이끌어야 하는 만큼 그걸 바깥으로 표출할 수는 없었다.

그저 우직하게 나아갈 뿐.

"어떤 투수가 등판하더라도 하고 싶은 대로 해라. 우리가 준플레이오프에 올라가느냐 마느냐는 너희에게 달려 있으니까."

감독의 말에 선수들은 불안감을 약간이나마 덜어 낼 수 있었다.

하지만 불펜에서 몸을 풀고 있는 상진의 모습을 보니 다시금 불안감이 엄습해 왔다.

'이상진이 준비 중이라고?'

정규 시즌을 거치며 이상진을 상대해 온 선수들의 마음에는 이미 공포가 새겨져 있었다.

이상진의 투구 패턴을 읽을 수 없다.

읽는다고 해도 공을 쳐 낼 수 없다.

타석에 서기 전부터 이런 생각을 가지고 서는 타자들이 이상진을 이기리라 기대하는 건 무리였다.

게다가 지금도 마찬가지였다.

'저 녀석이 올라온다면 과연 쳐 낼 수 있을까?'

이상진에 대한 두려움은 아직 등판하기 전인 타자들에게도 영향을 미쳤다.

타석에 서 있던 김연수에게도 그 영향은 남다르게 다가왔다.

'이상진이 올라오기 전에 조금이라도 점수를 더 벌려 놔야 한다.'

이미 가을 야구가 시작된 마당에 만약이라는 건 없었다.

어떤 상황이 닥쳐오더라도 그에 대비를 해야 한다.

하지만 모든 상황에 대비하려는 완벽주의적인 성향이 오히려 발목을 잡았다.

이상진의 등판 전에 해결해야겠다는 생각은 마음을 급하게 만들었고, 그만큼 배트의 정확도를 떨어뜨렸다.

서두르다가 빗맞은 공이 앞으로 뻗어 나갈 리 없었다.

"아웃!"

김연수를 시작으로 브라더스의 타자들은 전부 성급한 투구로 아웃 카운트를 늘리는 데 일조했다.

그들은 7회 말이 끝나고 불펜에서 다시 더그아웃으로 들어가는 이상진을 보며 이를 부득부득 갈았다.

하지만 이미 7회는 헛되이 끝나 버린 지 오래였다.

*   *   *

9회는 언제나 두근거리는 시간이다.

역전의 가능성이 존재하는 시간이기도 하고 그걸 지워 버릴 수도 있는 시간이기도 했다.

하지만 점수 차이가 7점이나 된 지금, 강북 브라더스의 더그아웃은 패배의 기운이 감돌고 있었다.

"남은 건 9회 말. 아웃 카운트는 3개."

우중일 감독은 그라운드를 바라보며 담담한 표정으로 중얼거렸다.

사실 이길 거라고 생각은 하지 않았다.

한현덕 감독이 외국인 투수를 선발로 내세우고 본격적으로 공략에 나섰을 때부터 어떻게든 대응해 보려 했다.

하지만 선발투수가 대량 실점을 하고 투입하는 불펜 투수들이 차례차례 주자를 내보냈고, 이제는 뒤집을 수 없는 차이가 됐다.

"팬들이 보고 있다."

선수들의 눈이 관중석으로 향했다.

이곳은 강북 브라더스의 홈구장이다.

비록 패배가 코앞까지 닥쳐오긴 했지만, 올해 찾아온 팬들은 내년에도, 후년에도 다시 경기장에 올 것이다.

"마지막까지 최선을 다해라. 그리고 다가오는 결과를 순순히 받아들이자."

브라더스와 반대로 충청 호크스의 벤치에서는 벌써부터 승리의 기쁨을 누리고 있었다.

하지만 고참급들은 아직도 긴장의 끈을 놓지 않고 있었다.

다 된 밥에 코 빠뜨리는 일이 있듯이, 야구는 시간제한이 없는 스포츠다.

언제 무슨 일이 일어날지 모르는 법.

그리고 충청 호크스의 전담 마무리 정우한도 잘 아는 사실이었다.

불펜에서 나온 그는 그라운드에서 마주친 포수 재환과 가볍게 손을 마주쳤다.

"재환아, 준비는 됐지?"

"물론이죠. 호랑이 없는 굴에 여우가 왕이라는데, 이제 형이 왕이네요?"

"싱거운 소리 하기는."

불펜에서 상대 팀을 뒤흔들어 놓은 이상진은 어느새 더그아웃에 올라와서 남아 있던 닭가슴살 샐러드를 먹고 있었다.

같은 팀이라고 해도 자신의 능력이 뒤쳐진다고 단 한 번도 생각해 본 적 없었다.

그러나 이쪽을 향해 손을 흔드는, 여유로운 그 모습을 보면서 정우한은 자존심에 불을 붙였다.

재환에게 핀잔을 주며 그는 간단하게 스트레칭을 했다.

"그 속담은 원래 여우가 아니라 토끼야, 자식아. 아무튼 이제 우리도 시작해 볼까?"

충청 호크스의 정우한은 자신만만한 미소를 지으며 자신에게 주어진 9회를 열었다.

그는 이상진 못지않은 구위로 던진 단 10개의 공으로 경기는 끝났다.

「강북 브라더스, 너무나도 짧았던 2년 만의 가을 야구」

「브라더스 가을 야구 마감… 와일드카드 결정전 호크스에 패배」

「충청 호크스, 와일드카드 2차전에서 8 대 1로 대승」

「한국 야구 역사상 최초로 5위 팀 준플레이오프 진출」

그리고 경기가 끝난 후 이어진 인터뷰에서 한현덕 감독은 판을 뒤흔들었다.

"예? 지금 뭐라고 말씀하셨나요?"

기자들조차도 눈을 끔벅거리면서 도무지 믿지 못하겠다는 표정을 지었다.

하지만 한현덕 감독은 미소를 지으면서 한 글자씩 딱딱 끊어서 확실하게 말했다.

"준플레이오프 1차전에는 이상진을 등판시킬까 생각 중입니다."

체력이 뭐 어쨌다고?

이제는 야구에 대해서 어느 정도 알게 됐다.

그래도 영호의 지식은 아직 수박 겉핥기 정도에 머무르고 있었다.

영호는 닭 가슴살 샐러드에 소스를 뿌리며 물었다.

"그래서 이번 미친 짓도 네 기획이냐?"

"미친 짓이라뇨. 포스트 시즌에서 가끔 나오는 변칙적 기용이라고 해 주면 어디 덧나나요?"

"말은 그렇게 해도 상식에서 벗어나는 일이라는 건 대신 여기에서 말해 주잖아?"

영호는 스마트폰에서 인터넷 반응을 띄워서 보여 줬다.

그걸 흘끗 본 상진은 소스가 뿌려진 닭가슴살샐러드를 한

입 먹으며 투덜거렸다.

"반반이잖아요."

"반반이고 자시고 논란의 여지가 있단 소리잖냐. 왜 그랬냐? 네 체력도 무한은 아니야."

"그래도 감당하지 못할 정도는 아니죠."

와일드카드 1차전에서 9이닝 101구로 경기를 끝내고 이틀밖에 지나지 않았다.

내일 등판하게 되면 고작 이틀 휴식하고 등판하는 셈이 된다.

"지금 체력은 어떠냐?"

"체력 상태는 그럭저럭이죠."

[투구 수 80의 페널티가 사라질 때까지 남은 시간 10시간 48분 33초]

[경고: 투구 수 70의 페널티가 대기 중입니다. 24시간]

[경고: 투구 수 60의 페널티가 대기 중입니다. 24시간]

아직 걸려 있는 페널티는 분명히 있었다.

내일 경기가 시작할 때쯤에도 두어 개는 남아 있게 된다.

물론 영호에게 거짓말이 통하진 않았다.

"페널티를 적어도 두어 개는 더 짊어지고 가야 할 텐데 괜찮겠어?"

"상관없어요."

"너는 상관없을진 몰라도 나는 상관있다. 체력이 떨어진 상태로 시작되면 아무래도 경기를 운영하는 데 있어서 지장이 있잖냐."

페널티를 짊어지고 경기를 한다.

5위를 달성한 팀으로서 우승을 하려면 앞으로 최소 10경기, 최대 17경기를 치러야 한다.

5위를 확정 짓고 4일 정도 주전을 쉬게 했다고는 하지만, 체력이 온전히 돌아오는 건 아니다.

"그래서 영호 형, 집안 꼴은 이게 뭐에요?"

"꼴이 뭐 어때서?"

"부엌을 한번 보시고 그런 말을 해 보시죠."

식탁 위가 배달 음식으로 화려한 파티가 벌어지고 있는 것과 대조적으로 부엌은 엉망진창이었다.

반쯤 타서 원래 무엇이었는지 알아볼 수 없는 재료와 프라이팬, 그리고 물과 기름이 뒤섞여 사방으로 튄 흔적들이 남아 있었다.

"저게 어때서?"

"대체 뭘 하면 화산 폭발이라도 일어난 흔적이 생길 수 있는 거예요?"

"사람이 살다 보면 그럴 때도 있는 법이지."

"그래서 이유는?"

"요리해 보려다가 실패했다."

멋쩍어하면서도 뻔뻔스러워하는 얼굴로 대답하는 영호를 보며 한숨이 절로 나왔다.

"그래도 더 발뺌 안 하고 고분고분하게 대답해서 다행이네요. 젠장."

"인마, 나도 맛있는 거 해 주고 싶었어."

"맛있는 거는 배달시켜도 오고, 가서 먹어도 나오거든요?"

맛있는 걸 해 주겠다고 요리를 만들려고 한 노력은 가상했다.

그런데 노력과 결과물은 별개였다.

청소만 해도 한 시간은 족히 걸릴 듯한 광경에서 애써 눈을 돌렸다.

보고 있으면 도저히 좋은 말이 나올 것 같지 않았다.

"그래서 내일 등판할 때 제대로 싸울 방법은 있냐?"

"방법요?"

상진은 그릇을 들고 남아 있던 샐러드 조각들을 단숨에 입 안에 넣고는 씩 웃었다.

"사람은 역시 밥심이죠."

*   *   *

"이상진 선수! 고작 이틀 쉬고 등판하는데 체력에는 문제가 없으신가요?"

준플레이오프 1차전 날에 날아온 기자들의 질문은 역시 체력 문제였다.

고작 이틀 쉬고 등판하는 건 지옥 같은 일정이었다.

심지어 외국인 투수인 마이카가 아직 등판하지 않고 있는 시점에서 상진의 등판은 무리수라는 이야기가 지배적이었다.

"당연히 문제없습니다. 그리고 1차전에 등판하는 건 제가 감독님께 요청드린 일입니다."

이 이야기에 기자들은 웅성거리기 시작했다.

"오늘 패하게 된다면 충청 호크스 입장에서는 타격이 클 텐데요?"

"물론입니다. 아마 시즌 중에 저의 야구를 봐 오신 분들은 오늘 제가 지는 걸 처음으로 보실 수 있을지도 모르겠네요."

웃으면서 농담으로 이야기했지만, 기자들은 전혀 농담으로 받아들이지 않았다.

애당초 불펜에서 선발로 전환한 이상진의 고질적인 문제로 지목된 것은 체력이었다.

그걸 후반기에 연속으로 완투와 완봉승을 거두며 종식시켰나 싶었는데, 또다시 거론되기 시작했다.

이틀밖에 휴식하지 못한다는 사실을 언론과 팬들은 치명적으로 느끼고 있었다.

"지피지기면 백전불태라는 말이 있습니다. 감독님이 말리시기는 했어도 저는 자신이 있기 때문에 등판하겠다고 말씀드렸습니다."

차분하고 담담한 어조는 다른 사람들에게 신뢰를 가져왔다.

그만큼 충청 호크스의 에이스가 하는 말은 무게감을 갖고 있었다.

물론 기자들은 그런 것보다 가십거리를 조금 더 좋아했다.

"그럼 오늘 승리를 기원하겠습니다. 그건 그렇고 이상진 선수. 이번에 인터넷에 올라온 영상, 혹시 보셨나요?"

"아뇨. 어떤 영상이길래 그러시는 거죠?"

"먹는 영상이죠."

뭔가 불길한 예감이 들었다.

＊　　　　＊　　　　＊

"푸하하하하! 역시 내가 그 사람을 점찍은 게 정답이었어!"

상진이 인터뷰를 하고 있을 시간, 구장 안에 있는 카페에서 대기하고 있던 영호는 박장대소했다.

그가 보고 있던 건 지난번에 기자를 엿 먹이는 데 함께했던 인터넷 방송인의 채널이었다.

이번에 올라온 영상은 바로 이상진 특집.

그것도 더그아웃에서 무언가 먹는 장면이 주로 편집되어 올라와 있었다.

"이거 걸작인데?"

닭다리를 입에 넣었다가 단번에 살만 발라먹고 뼈를 끄집어내는 장면부터, 과자 상자를 비우는 데 1분도 걸리지 않는 신기까지.

게다가 관중석에서 더그아웃에 있는 이상진을 직접 촬영해서 먹는 장면들만 모아 놓았다.

─이 광경은 단 한 경기에서 벌어진 일입니다.

한 경기 동안 더그아웃에서 이상진이 먹은 음식은 과자만 여덟 상자에 스포츠 음료 열다섯 통, 삶은 계란 38개와 치킨 두 상자였다.

─와! 저걸 3시간 동안 다 처먹었다고? 미쳤네? 미쳤어? 도랐네?
└진짜 대단하다. 먹성이 아무리 좋아도 더그아웃에서만 저걸 먹어?
└이거 가짜 아니야? 아무리 이상진이 많이 먹는다고 해도 한 경기 동안 저렇게 먹어? 마운드에서 배불러서 못 던지는 거 아니야?
└내가 직접 봤는데 ㄹㅇ임. 팬 사인회 때도 엄청 먹던데?

저 영상이 가짜라고 주장하는 소수 의견도 있지만, 워낙 이상진의 먹성이 유명한 덕분에 바로 묻혀 버렸다.
개중에는 설마 저 정도일 줄은 몰랐다는 이야기도 있었다.
그래도 이런 것 하나하나가 전부 이상진이었다.
"역시 이용할 건 전부 이용해야지. 그건 그렇고 인터넷 방송 이야기도 했었지?"
영호는 인터넷에 올라와 있는 상진의 영상을 하나둘씩 켜 보면서 씩 웃었다.

"개인 채널을 하나 갖는 것도 좋겠는걸?"

*   *   *

글러브를 낀 손으로 근질거리는 코끝을 문질렀어도 소용이 없었다.

이상진은 요란스러운 소리와 함께 재채기를 했다.

"우헤에에으헤에췩!"

"감기냐? 요새 가을이고 환절기니까 조심해야 한다."

"어우 씨, 누가 내 욕 하나."

"욕할 사람이 어디 한둘이냐? 우리 팬들 빼고 전 구단의 팬들이 너를 욕하고 있을 거다."

너무 맞는 말에 그만 웃음을 터뜨리고 말았다.

훌쩍거리며 콧물을 다시 들이켠 상진은 하던 캐치볼을 재개했다.

"그런데 그런 영상이 있을 줄은 몰랐네?"

"하아, 요새 팬들은 진짜 무슨 생각을 하면서 지내는지 통 모르겠어요."

"왬마? 다 널 좋아하니까 그런 영상을 만드는 거지."

재환이 킬킬거리며 웃자 옆에 있던 다른 동료들도 모두 웃음을 터뜨렸다.

동료들은 평소에도 이상진이 무지막지하게 먹어 대는 모습을 지켜보았다.

하지만 편집되어 음악까지 삽입된 영상을 보니 다시 웃음을 터뜨릴 수밖에 없었다.

그만큼 팬 영상의 퀄리티는 상상을 초월했다.

"기분 나쁘진 않잖아?"

"나쁘다기보다는 오히려 좋죠."

안티를 넘어서서 무관심에 가까웠던 옛날과 비교한다면 오히려 기분이 좋았다.

그만큼 자신에게 관심을 가져 주는 팬들이 많다는 뜻이었으니까.

물론 그 영상의 배후에 누가 있는지 짐작하고 있었다.

"아마 제 매니저가 의뢰한 일인지도 몰라요."

"매니저? 그 신영호인가 하는 분 말이야?"

"네. 영상을 처음 올린 사람의 닉네임이 예전에 봤던 닉네임이거든요."

처음 영상을 볼 때는 몰랐는데 다시 확인해 보니 지난번에 기자의 갑질 영상을 올려서 파장을 일으켰던 사람이었다.

애초부터 충청 호크스, 그리고 자신의 팬이었다고는 해도 요즘 들어서 자신과 관련된 영상을 많이 올리는 것도 약간은 의심스러웠다.

"그래도 일은 참 잘하네. 이런 게 다 네 이미지에 피가 되고, 살이 되는 거잖냐?"

"와, 그런 말을 들으니까 한 90년대로 돌아간 듯한 기분이에요. 그리고 이미지가 좋아져도 실력이 없으면 안 되잖아요?"

"하여튼 너도 마음속에 욕심이 그득하다, 그득해."

투덜거리는 재환에게 공을 던지고 캐치볼을 끝낸 상진은 더 그아웃으로 돌아왔다.

몸도 풀었고 옆에 먹을 것도 충분했으며 뒤의 냉장고에 마실 것도 가득했다.

그 안에서 스포츠 음료를 하나 꺼내 마시면서 상진은 쓴웃음을 지었다.

"그새 누가 이런 걸 붙여 놓은 겁니까?"

"응? 왜? 보기 좋잖냐? 그러니까 평소에 작작 먹지 그랬냐."

냉장고 옆에 붙어 있는 건 바로 상진 자신이 치킨을 뜯고 있는 장면이었다.

*　　　　　*　　　　　*

─안녕하십니까. 오늘 서울 강동 챔피언스의 홈구장인 챔피언스 파크에서 여러분께 인사드립니다.

─이제 더 높은 곳을 향해 이곳 챔피언스 파크에서 도전을 나아갈 시간이 되겠습니다.

─역시 기선 제압이라고 할 수 있는 1차전이 가장 중요하겠죠?

─물론입니다. 특히 충청 호크스가 올해 시즌 0.78의 이상진을 내세운 것만 봐도 얼마나 단단히 각오를 했는지 알 수 있는 대목입니다.

─본래 다른 외국인 투수인 마이카 선수가 등판하지 않을까

했는데 정말 의외의 선발 등판이 이루어졌습니다.

　—오늘 승부는 생각보다 흥미진진하겠는데요.

　캐스터와 해설들의 이야기가 흘러나오는 가운데 상진은 제자리에서 공을 던졌다가 받기를 반복했다.

　긴장한 건 아니었다.

　그런 건 와일드카드 때 전부 털어 버리고 올라왔다.

　"강동 챔피언스가 확실히 움직임이 좋네요."

　"그러니까 가을 야구에서 우리보다 약한 팀은 없다고 했잖냐."

　"그건 그렇긴 하죠."

　하지만 지난번에 붙었던 강북 브라더스와도 확연히 차이 날 정도로 좋은 수비력이었다.

　물론 간간이 실수가 나오는 건 덤이었지만, 적어도 이쪽과 비교한다면 수준의 차이는 꽤 있었다.

　"그래서 이틀밖에 못 쉬었는데 상태는 어떠냐?"

　"나름 괜찮아요. 그러니까 예정대로 해야죠."

　[투구 수 70의 페널티가 사라질 때까지 남은 시간 2시간 48분 33초]

　[경고: 투구 수 60의 페널티가 대기 중입니다. 24시간]

　아직 페널티는 남아 있다.

　체력 수치도 마이너스가 된 채로 남아 있었다.

　그래도 상진은 거칠게 치킨을 뜯으면서 전의를 불태웠다.

"어차피 가을 야구는 이미 시작했어요, 재환이 형."

그리고 아웃 콜이 울려 퍼지며 상대 팀 선수들이 더그아웃으로 돌아가기 시작했다.

공수 교대의 시간.

새로 닭다리를 하나 꺼내 단번에 뼛조각만 남겨 놓은 상진은 우물거리면서 물티슈에 손을 닦았다.

글러브를 끼는 거칠고 우둘투둘한 손가락.

그리고 유니폼 사이로 언뜻 보이는 과거의 수술 자국들.

무엇보다 그동안의 훈련으로 다져진 근육이 꿈틀거렸다.

"시작했으니 남은 건 먹는 것뿐이에요."

재환은 피식 웃었다.

"먹는 것만 생각하냐?"

*　　　　　*　　　　　*

장종석 감독은 경기 시작 전에 선수들에게 자신만만하게 장담했다.

"이상진은 고작 이틀 쉬고 등판했다. 오늘 경기를 잡지 못하면 우리는 플레이오프에 올라갈 자격이 없음을 보여 주는 것밖에 되지 않는다."

일부러 자극을 했다.

이상진이 고작 이틀 쉬고 올라온 건 우리를 얕보는 일이라고.

선수들의 전의를 불태우기 위해 그는 이상진을 악역으로 만들었다.

그리고 챔피언이 되기 위해 앞으로 나가자고 소리쳤다.

하지만 지금 이 순간, 그는 허탈한 미소밖에 지을 수 없었다.

"미쳤군."

—충청 호크스의 이상진! 챔피언스의 중심 타선을 연속 삼진으로 틀어막습니다!

—두 번째 타순에서도 아무것도 못하고 물러나는 챔피언스의 클린업 트리오!

—이거 타격이 크겠는데요? 이상진 선수는 고작 이틀 쉬고 3일 차에 등판했는데 손도 발도 쓰지 못하고 있습니다.

강동 챔피언스의 선수들은 맥없이 무너졌다.

4회 말 공격에서 박경호를 비롯한 클린업 트리오가 연속으로 삼진을 당해 버린 게 너무 충격적으로 다가왔다.

어처구니없다는 표정을 지으면서도 그의 입은 선뜻 작전을 내놓지 못했다.

"방법이 없군요."

"혹시나 몰라서 별의별 방법을 다 동원했는데 이렇게 쉽게 막힐 줄이야."

일부러 기습 번트를 이용해 보기도 했고, 페이크 번트 앤드 슬래시도 시도해 봤다.

투수의 체력을 소모시키고 멘탈을 뒤흔들 수 있는 모든 일을 해 봤음에도 통하지 않았다.

"구종 예측은?"

"그나마 타자의 성향에 맞춰서 던진다는 건 알아냈습니다. 하지만 타자들의 약점이 괜히 약점인 건 아니지 않습니까?"

"정석대로 던져 온다는 말인가. 짜증 나네."

이걸 보고 누가 이틀밖에 쉬지 못했다고 생각할까 싶었다.

그만큼 절로 욕설이 나올 정도로 압도적인 투구였다.

"구속은 150킬로미터를 넘나들고 구위는 감히 건드리지도 못할 정도의 수준이라니."

"어쩌시겠습니까?"

"5회에도 점수를 내지 못하면… 아니지. 득점권에 주자를 내보내지 못하면 주전을 교체해서 온존한다."

"감독님? 이상진이 고작 이틀 쉬고 올라온 거지 않습니까?"

코치들의 반발에도 장종석은 한숨과 함께 고개를 저었다.

점수 차는 2점으로 그리 큰 편은 아니었다.

하지만 오늘 주전들의 자신감을 꺾어 놓을 필요는 없었다.

타순이 두 번 도는 것만으로도 충분했다.

"저 모습을 보고도 체력적인 문제를 운운하나?"

"그건……"

코칭스태프들은 6번 타자로 나온 김용빈을 삼진으로 처리하며 이닝을 종료하는 이상진의 모습을 바라봤다.

오늘 그의 체력이 약점이라 생각했지만 전혀 아니었다.

게다가 4회까지 투구 수는 단 42개.

투구 수 절약도 일품이었다.

"이대로는 안 돼. 내일 경기에도 지장이 생길지도 몰라."

"알겠습니다. 그러면 6회가 끝나는 대로 교체하도록 하겠습니다."

장종석 감독의 생각대로 상진의 체력은 큰 문제가 없었다.

60구와 70구의 페널티가 남아 있어서 시작할 때부터 체력적인 페널티가 있었다.

다시 던지면 기존의 페널티에 새로운 페널티가 겹쳐져 체력 회복을 저하하는 문제가 생긴다.

하지만 그런 것 따윈 아무것도 아니라는 듯 시속 150킬로미터가 넘나드는 공을 뿌려 댔다.

'이제 교체하는 건가?'

강동 챔피언스도 지난번 강북 브라더스처럼 주전을 대거 교체하려는 움직임을 보이고 있었다.

7회 초가 시작하자마자 수비로 들어오는 야수들이 대거 바뀌는 걸 보면서 상진은 씩 웃었다.

"계획대로 됐군요."

"그래. 저 정도라면 무리는 없겠어."

한현덕 감독은 고개를 끄덕였다.

상진도 한숨 돌렸다는 표정을 지으며 남아 있던 치킨을 다시 뜯으려고 했다.

그리고 인상을 찌푸렸다.

"누가 내 거에 손댄 겁니까?"

＊　　　　＊　　　　＊

─투수가 교체됩니다!

─충청 호크스의 다음 투수는 이태형입니다.

─선발로 등판한 이상진이 6회를 끝으로 내려갑니다.

7회 말이 시작되며 강동 챔피언스의 공격 차례가 됐음에도 이상진은 올라오지 않았다.

오히려 보란 듯이 어깨가 식지 않게 입고 있던 점퍼마저 벗어 버렸다.

팬들도 웅성거리기 시작했지만, 무엇보다 충격을 받은 건 강동 챔피언스 쪽이었다.

"뭣?"

장종석 감독은 피식 웃으면서 고개를 절레절레 흔들었다.

1차전에 한 방 먹이겠다고 생각은 했지만 오히려 역으로 얻어맞고 말았다.

"당했네, 당했어."

"그러게 말입니다."

한번 교체한 선수는 다시 그라운드로 나가지 못한다.

점수가 2 대 0인 지금 강동 챔피언스의 주전 선수 중 반절이 교체되어 더그아웃에 들어왔다.

그런데 상대도 보란 듯이 이상진을 교체해서 더그아웃에 들여났다.

"이대로도 이길 수 있다는 자신감인가."

"저쪽 타선은 아직도 그대로니까요."

어차피 저쪽은 매 경기 총력전을 기울여야 하는 입장이다.

그리고 장종석 감독은 자신의 실책을 깨달았다.

"체력을 더 빼놔야 했어."

"감독님?"

"이상진을 거르고 다른 투수들을 상대해야겠다고 생각했는데 한현덕 감독, 생각보다 승부사인데?"

"무슨 말씀이십니까?"

장종석은 한숨을 쉬고는 반대편 원정팀 더그아웃에 있는 이상진을 턱으로 가리켰다.

"강북 브라더스와의 경기 때 이상진이 불펜에 갔던 것, 다들 기억하지?"

"예. 과거에 있었던 레전드의 이야기를 그대로 답습했던 거 잖습니까?"

"그래. 하지만 이런 식으로 체력을 온존해 둔다면 어떨까?"

이틀 휴식하고 등판한 건 아무래도 좋았다.

장종석 감독이 지적하는 건 다른 이야기였다.

그게 무슨 뜻인지 알아챈 코칭스태프와 베테랑 선수들의 얼굴은 심각할 정도로 굳어졌다.

"이상진이 설마 불펜으로도 올라올 수 있다는 말씀이십니까?"

"그건 정말 미친 짓입니다. 팔을 갈아서 우승하겠다는 말과 뭐가 다른 겁니까?"

"그런 미친 짓이 통용되는 게 바로 가을 야구이지 않나?"

과거부터 지금까지 숱한 선수들이 염원했다.

우승을 할 수 있다면 자신의 팔을 갈아도 좋다고.

그렇게 우승을 거머쥔 선수들은 한국 야구사에 기록되어 영원히 빛을 뿜어내는 별이 됐다.

"웃기다고 생각할 수 있겠지만."

장종석 감독은 진심으로 부러웠다.

상대편에 있는 선수가, 그리고 야망과 염원을 가슴에 품고 있는 선수가.

"이상진이라면 무슨 짓이라도 관철시킬 수 있다고 생각하고 있네."

*   *   *

준플레이오프 1차전에서 승리를 거둔 기세는 대단했다.

와일드카드전 때 뛰지 않았던 외국인 투수 마이카가 등판하여 충청 호크스는 2차전도 승리를 거두었다.

다만 대전으로 와서 치른 3차전에서 난타전이 벌어졌다.

선발로 등판한 장인재와 상대 팀 선발인 이성환이 나란히 대량 실점을 하며 무너졌다.

"8 대 8이라. 난타전도 이런 난타전이 없는데."

양 팀의 타선은 7회까지 총합 27안타를 터뜨리며 무시무시한 화력을 뿜냈다.

애초부터 강타선을 자랑하던 강동 챔피언스는 그러려니 싶었다.

하지만 와일드카드부터 바로 어제 경기까지 잔루를 차곡차곡 쌓으며 빈약한 공격력을 보여 주던 충청 호크스의 폭발은 의외였다.

물론 오랜만에 벌어진 화끈한 타격전에 팬들은 환호했지만, 양 팀 코칭스태프들의 얼굴은 붉으락푸르락하고 있었다.

따악!

또다시 안타를 맞고 2사 1, 2루가 되자 한현덕 감독은 주저 없이 손을 들었다.

"김일환으로 교체한다."

송신우 코치가 불펜에 있는 박달재 코치에게 연락을 하자 바로 투수 교체 작업이 시작됐다.

오늘만 해도 벌써 다섯 번째 투수의 투입이었다.

그만큼 양 팀은 총력을 다 하고 있었다.

강동 챔피언스의 입장에서는 이미 2패를 당했으니 오늘 패배하면 가을 야구에서 패퇴하는 것이 확정된다.

그걸 피하기 위해서 선수들 모두 악에 받쳐 있었다.

그리고 충청 호크스는 오늘 승리하면 3연승으로 휴식일을 하루 더 얻을 수 있다.

어떻게든 오늘 승부를 매듭짓고 숨을 고르고 싶었다.

"어쩔 수 없나?"

7회 초 챔피언스의 공격을 어떻게든 끝낸 한현덕 감독은 쌀쌀한 날씨임에도 이마에 땀이 송골송골 맺혀 있었다.

외국인 선발투수나 어제 선발로 등판한 장인재는 휴식 중이었다.

이상진 역시 내일 등판해야 할지도 모르니 쓰고 싶지는 않았다.

"감독님."

"괜한 생각은 하지 마라. 너는 오늘 등판할 일 없어. 그리고 불펜에서 괜한 시위할 생각하지 마라. 지난번처럼 말도 안 되는 협박에 또 넘어가진 않을 거다."

"그러면 그걸 현실로 만들면 되죠."

한현덕은 이맛살을 찌푸렸다.

이 말이 무슨 뜻인지 모를 리는 없다.

"포스트 시즌 시작하기 전부터 너에게 말해 왔지."

"알고 있습니다. 무리를 시키지 않겠다고 하셨죠."

"이미 이틀 쉬고 던진 것만으로도 충분한 무리다. 옛날이라면 통용됐을지언정 지금은 아니지. 너도 알다시피 우리는 준플레이오프만이 끝이 아니다."

경기에 나서고 싶어 하는 상진만큼 현덕도 많은 고민이 있었다.

이상진을 갈아서 우승을 얻어 낸다.

선수들의 커리어에도, 자신의 커리어에도, 이상진의 커리어에도 전부 좋은 일이다.

'선수 하나를 희생해서 얻는 우승이 얼마나 의미 있을까.'

어느 정도 선까지의 혹사는 할 수 있다.

하지만 부상으로 인해 오랫동안 부진을 겪다가 올해 부활한 이상진이다.

자칫 잘못해서 또다시 부상을 입게 된다면 요새 관심을 보이기 시작하는 메이저리그의 스카우터들도 멀어지게 된다.

팀의 우승과 선수의 미래.

그 사이에서 한현덕 감독은 갈등하고 있었다.

"저는 언제든지 나갈 준비가 되어 있습니다. 그러니 쓸 수 있을 때 써 주십시오."

하지만 한현덕 감독은 고개를 가로저었다.

"8회에는 정우한을 투입한다."

대신에 나온 건 조금 이른 마무리의 등판 선언이었다.

*   *   *

[투구 수 70의 페널티가 사라질 때까지 남은 시간 48분 33초]
[경고: 투구 수 60의 페널티가 대기 중입니다. 24시간]
[무리한 등판으로 인한 페널티가 대기 중입니다. 12시간]

[사용자: 이상진]
—체력: 107(−10)/110

체력 상태는 지난번 이틀 쉬고 등판했을 때와 비슷했다.

물론 감독님이 무슨 생각을 하는지 이해하고 있었다.

자신을 무리시키지 않으면서 반드시 1승을 거두는 카드로 사용한다.

올바른 전략이었지만 불충분했다.

─정우한 선수가 8회를 온전하게 틀어막았습니다!

─이른 등판이었지만 강동 챔피언스의 공격을 꺾는 데 효과적이었습니다.

예전부터 지금까지 전혀 기량이 쇠하지 않은 특급 마무리는 그대로 8회를 삭제해 버렸다.

그리고 그에 보답하듯 충청 호크스의 타선도 다시금 폭발하며 2점을 추가했다.

"좋았어!"

"이제 플레이오프다!"

10 대 8.

충청 호크스가 먼저 우세를 점하며 승기를 굳힐 기회를 잡았다.

하지만 1이닝만 맡긴다는 기존의 기용 방식과 다르게 일찍 등판했기 때문일까.

아니면 예상보다 길어진 공격 시간 때문이었을까.

9회 초에 등판한 정우한의 투구는 아까보다 힘이 떨어져 있었다.

"으음."

1사 12루가 되자 송신우 코치는 바로 마운드로 향했다.

그리고 상진은 한현덕 감독에게로 다가갔다.

"불펜으로 내려가 보겠습니다."

"이상진! 너 인마!"

"네. 기용하는 건 감독님이고 책임을 지는 것도 감독님이시란 걸 잘 알고 있습니다. 제가 하는 부탁이 무리한 이야기일 수도 있다는 것도 잘 알고 있습니다."

"다시 부상을 입을 수도 있다."

과거 잠시 팀을 떠나기 전, 부상으로 이상진이 얼마나 괴로워했는지 곁에서 지켜봤던 한현덕이었다.

지금도 그랬다.

자신이 감독으로 부임한 후 기적처럼 부활했다고 해도 걱정이 되는 건 매한가지.

"언제나 걱정해 주시는 건 감사드리고 있습니다. 재환이 형도, 대균이 형도, 송신우 코치님이나 박달재 코치님도. 모두 제가 다시 부상당하지 않을까 늘 걱정해 주시는 것도 잘 알고 있습니다."

다시는 그런 혹사가 있어서는 안 됐고, 있을 수도 없었다.

그것이 설령 준플레이오프가 아니라 한국시리즈라고 해도 마찬가지였다.

하지만 상진은 고개를 가로젓는 한현덕에게 단호하게 말했다.

"이건 혹사가 아닙니다."

아직은 견딜 수 있기에 자신 있게 말할 수 있었다.

그것이 에이스, 팀을 대표한다는 각오였다.

"저는 팀이 우승하는 길을 가장 앞에서 헤쳐 나가고 싶을 뿐입니다."

그리고 다음 순간 운명은 결정됐다.

—챔피언스의 이정우 선수가 안타를 때려 냅니다!

—2루 주자가 홈으로 들어옵니다! 이걸로 1점 차! 주자는 1, 3루!

—충청 호크스가 다시 위기를 맞습니다!

1이닝 동안 온힘을 다해 던지면서 구위가 급격하게 떨어졌다.

9회도 어찌저찌 버틸 수 있을 것 같았지만, 문제는 상대 팀이었다.

구위나 구종으로 윽박질러 보기도 했지만 생각보다 어려웠다.

어떻게 할까 고민하고 있는데 갑자기 더그아웃에서 신호가 왔다.

'응?'

저건 교체 신호였다.

순식간에 얼굴이 화끈거리는 게 느껴졌다.

마무리인 자신을 믿지 못한다는 사실 같아서 화가 나기도 했다.

하지만 교체되어 더그아웃으로 들어오는 자신을 향해 한현덕 감독은 먼저 다가와 어깨를 두드려 주었다.

"미안하다."

아무 말도 하지 않고 그저 설명만을 요구했다.

우한의 눈빛을 본 한현덕 감독은 턱짓으로 마운드를 가리키며 말했다.

"승리를 굳히려면 어쩔 수 없더구나."

*   *   *

ㅡ이상진 선수가 마운드에 오릅니다!

ㅡ지난번에는 불펜에서 몸만 풀었지만, 이번에는 정말 등판했습니다!

ㅡ체력적인 부담이 걱정되네요.

사방에서 환호가 쏟아졌다.

홈경기임에도 이상진을 보지 못한다는 사실에 실망하는 팬들도 있었다.

그런 팬들 입장에서 이상진이 마운드에 올라오는 건, 혹사 여부를 떠나 너무 반가운 일이었다.

"인마, 아주 그냥 체력을 바닥까지 닥닥 긁어먹을 셈이냐?"

재환의 핀잔은 이제 너무 익숙한 일이었다.

"불펜에 내려가서 공 10개로 몸도 풀고 영점도 잡았어요. 완벽해요."

"그래서? 감독님도 동의하신 거야?"

"교체는 감독님 권한이잖아요?"

사실 재환도 이런 상황에선 어쩔 수 없다는 걸 잘 알고 있었다.

오늘 승부를 굳혀 버리면 휴식일을 하루 더 보장받을 수 있다.

"네가 고집을 피우니까 감독님도 어쩔 수 없이 승낙하셨겠지. 아무튼 올라왔으니 잘 막고 올라갈 거지?"

"몇 개쯤 던질까요?"

"적게 던지면 좋잖냐? 그냥 빨리 끝내. 끝낼 수 있으면서 질질 끌지 말고."

타격전이 길어지다 보니 재환의 얼굴도 지친 기색이 역력했다.

상진은 글러브로 입가를 가린 채 투덜거렸다.

"알았어요. 그럼 기대하세요."

재환이 다시 제자리로 돌아가자 상진은 마운드에 서서 주위를 둘러봤다.

타격전이 길어지면 길어질수록 수비하는 시간도 길어지게 마련.

수비를 하고 있는 다른 동료들도 마찬가지로 지쳐 있었다.

"좋아. 그렇게 하면 되겠지."

[식사 시간이 되었습니다.]

[타자의 포인트는 122입니다.]

이번에 타석에 선 선수는 바로 외국인 타자인 제라드였다.

흉흉한 표정으로 자신을 잡아먹을 듯 바라보는 그를 향해 씩 웃어 주었다.

'제라드는 선구안이 좋은 편이지. 그러면서도 파워도 있어. 하지만 무리해서 홈런을 만들려고 하지도 않지.'

그래서 오히려 약점이 있다.

선구안이 좋은 선수들은 어떤 구종이 어떤 코스로 날아오는지 빠르게 파악한다.

그렇기에 자신의 눈을 종종 맹신하는 성향이 있다.

속이기는 어렵지만, 자신에게는 좋은 무기가 하나 있다.

[〈먹을 때는 개도 안 건드린다〉 스킬을 발동합니다.]

본래라면 던졌을 때 건드리지도 못할 공을 던지게 하는 스킬이다.

하지만 그것도 사용하기에 따라서는 다르게 변한다.

구종은 투심. 구속은 전력으로.

상진은 와인드업 자세를 잡고 제라드의 약점이라고 할 수 있는 바깥쪽으로 던졌다.

"스트라이크!"

재환은 스트라이크를 잡자마자 공을 빼서 3루로 던지려는 모션을 취했다.

제라드가 공을 치면 바로 달려오려고 자세를 잡던 3루 주자는 허겁지겁 귀루했다.

그걸 보면서 상진은 다시 미소를 짓고는 두 번째 공을 준비했다.

'바깥쪽으로 들어오는 공이었지. 매서울 정도로 날카로웠어.'

배트를 냈어도 칠 수 있었을까 의심스러울 정도의 공이었다.

하지만 한번 본 공이다.

똑같은 공이 온다면 반드시 쳐 낼 자신이 있었다.

그때 이상진의 손에서 공이 떠나는 모습을 보며 제라드는 가슴속에서 뭔가 울컥했다.

'저 자식이?'

공이 손에서 떠나는 순간을 포착했고 어떻게 회전하는지가 뻔히 보였다.

머릿속에서 순식간에 생각을 정리한 제라드는 바로 배트를 휘둘렀다.

얼핏 보면 아까와 똑같은 코스였다.

그런데 전혀 칠 수 없었을 것처럼 꺾이던 아까와는 달리 지금 날아오는 공은 조금 아래로 떨어졌다.

아주 미세한 회전의 변화는 공이 투수의 손을 떠나 포수에게로 날아오는 순간으로는 캐치할 수 없었다.

따악!

"Shit!"

제라드는 배트 아래에 맞고 데굴데굴 굴러가는 공을 보며 이를 악물고 1루를 향해 뛰었다.

지금 주자는 1루와 3루였고 공은 병살 코스였다.

하지만 1루 주자가 2루에서 아웃되더라도 자신이 1루에 들어가기만 해도 3루 주자가 홈인할 수 있다.

그렇게 된다면 동점이 된다.

그렇다면 승부는 연장으로 흘러가게 될 테고, 이상진이 10회에도 등판하리라는 보장이 없는 만큼 이쪽의 승리 가능성이 높아진다.

하지만 수비 능력치가 높아진 이상진의 움직임은 제라드의 예상보다 훨씬 민첩했다.

"뭣?"

제라드가 공을 앞으로 굴리자마자 그걸 예상이라도 했다는 듯 앞으로 대시한 상진은 가볍게 공을 캐치했다.

상진은 우아하게 몸을 돌리며 유격수 오선준에게 정확하게 송구했다.

그리고 오선준은 2루 베이스를 밟으며 재빠르게 1루를 향해 던졌다.

제라드가 아무리 죽을힘을 다해서 뛰어도 공보다 빠를 수는 없었다.

—경기가 끝납니다! 플레이오프 진출 팀은 충청 호크스로 정해졌습니다!

—준플레이오프에서 파죽의 3연승을 거둔 호크스! 정규 시즌 2위인 인천 드래곤즈를 상대하기 위해 인천으로 향합니다!

—이상진이 단 두 개의 공으로 9회를 끝내 버립니다!

더그아웃에서 뛰쳐나온 충청 호크스의 선수들은 이상진을 끌어안으며 환호를 터뜨렸다.

잔뜩 뿌려지는 음료수와 물을 맞으면서 이상진도 두 팔을 번쩍 들고 포효했다.

"인천으로 가즈아!"

*　　　　*　　　　*

「충청 호크스의 선봉장이 경기의 마무리까지 책임지다」

「파죽의 3연승으로 휴식일까지 챙긴 호크스, 우승을 향해 드래곤즈를 정조준하다」

「충청도의 매와 인천의 드래곤이 맞붙는 공중전 Preview」

충청 호크스 팬들은 난리가 났다.

팀이 가을 야구에 진출하리라고는 전혀 상상도 못 했었다.

그래서 그들은 5위에 턱걸이한 것만으로도 충분히 기뻐했다.

그런데 팀은 그에 그치지 않고 사상 유례가 없는 업셋에 도전 중이었다.

"이상진 선수! 사인 좀 해 주세요!"

내일 인천으로 올라가기 전에 근처 편의점으로 먹을 걸 사러 나온 상진은 갑자기 나타난 팬에 살짝 당황했다.

하지만 자신의 이름이 마킹된 유니폼을 입고 있는 팬의 모습에 살짝 미소 지으며 등 뒤에 사인을 해 줬다.

그걸 뒤에서 보고 있던 영호는 혀를 찼다.

"아주 대스타가 따로 없어요."

"부러워요? 부러우면 형도 야구 선수 해요. 연예인을 하든 가."

"그놈의 형 소리. 들으면 들을수록 닭살 돋는다."

영호는 투덜거리면서 편의점에 있는 적당한 음식들을 골랐다.

그리고 벌써 핫바 몇 개를 사서 편의점에 있는 전자레인지에 돌리는 상진을 보며 혀를 찼다.

"하여튼 죽어라 먹어 대는구나."

"이렇게 살도록 만든 게 누군데요?"

"에휴, 말을 말자."

오늘도 고르는 건 엇비슷했다.

탄수화물류는 최대한 줄이고, 단백질 식품을 많이 섭취했다.

그러면서 논외로 허용된 건 맥주 한 캔 정도였다.

"크으! 역시 맥주는 이 맛이지!"

"휴식기라고 해도 술을 입에 대도 되냐?"

"상관없잖아요, 한 캔인데. 어디 클럽에 가거나 그러는 것도 아니고."

음주 운전을 일으킬 것도 아니고, 거나하게 퍼마시는 것도 아니었다.

딱 한 캔만으로 논란이 될 일은 없다.

"술은 언제 마지막으로 먹었냐?"

"시즌 시작하고서는 거의 안 먹었으니까 한 2월쯤? 스프링캠프 다녀와서 맥주 한 병 정도 마셨나?"

"진짜 안 마시는구나."

"수술하고 나서부터는 끊었죠. 재활에 안 좋았으니까요."

그러고 보면 혹사로 인한 부상과 재활 과정에서 몸 관리에 특별히 신경을 많이 쓰게 됐다.

간간이 피우던 담배도 끊었고 술도 거의 안 마시게 됐다.

탄수화물도 줄였고, 대신에 지방과 단백질을 늘렸으며 야채도 많이 먹게 됐다.

혹시 배탈이 나면 안 되기에 회나 초밥 같은 날음식도 자제했다.

이번에 매니저를 맡게 된 영호도 그런 수칙은 잘 지켜서 준비를 해 줬다.

"그리고 미국에서 연락이 왔다."

"오? 왔어요?"

"하여튼 흑월 사자님도 왜 이런 일에 저승사자들 사이에서 만들어 놓은 네트워크까지 동원하시는 건지."

"제 팬이시니까요."

"그래그래. 팬심이라는 게 무서운 법이지."

흑월 사자는 포스트 시즌 들어와서 야구를 꼬박꼬박 챙겨 봤다.

그것도 이상진이 등판했다고 하면 시왕이 되기 위해 준비하던 것도 내팽개치고 챙겨 본다.

처음 들었을 때는 어처구니없기도 했지만, 한편으로는 이해할 수 있기도 했다.

"그런데 뭐라고 연락이 왔어요?"

"아직 열두 곳뿐이지만 메이저리그 구단에서 네가 포스팅에 나온다면 입찰할 생각이 있다고 하더라."

미국 메이저리그에 진출하기 위한 방법으로는 FA 자격을 토대로 시도하거나 혹은 포스팅 제도를 이용해야 한다.

상진은 올해 시즌이 끝나고 옵션 성적에 따라 자동으로 +1년이 발동될 예정이었다.

물론 구단이 발동하지 않을 수도 있지만, 아마 그럴 리는 없을 것이다.

"얼마 정도 예상하냐?"

"왜요? 돈에 연연하게요?"

"나는 개인적으로 스캇 보라스라는 양반의 말이 전부 틀렸다고는 생각하지 않으니까."

아무리 돈에 구애받지 않는다고 해도 메이저리그의 평가는 돈으로 이루어진다.

스캇 보라스가 악덕 에이전트라고 불려도, 그 말이 거짓이
되는 건 아니었다.

"500만 이상 받으면 괜찮을 거 같아요."

"생각보다 많은데?"

"형이 말했잖아요. 평가는 생각해야 한다고. 하지만 그 정도
까지 줄 구단은 없을 거예요."

과거 팀 선배였던 유형진이 어마어마한 포스팅 금액으로 메
이저리그에 진출한 건 말 그대로 리그를 폭격해서였다.

데뷔부터 7시즌이나 리그를 초토화시켰고, 리그 최고의 투
수로 군림했기에 메이저리그에서도 과감하게 투자했다.

하지만 그렇지 않은 선수들은 포스팅을 신청해도 얼마 되지
않는 금액이거나 무응찰로 굴욕을 당해야 했다.

"그리고 메이저리그 스카우터들은 립 서비스가 장난 아니에
요. 그거에 속아 넘어갈 생각은 없어요. 바로 앞에서는 말을 번
지르르하게 해도 뒤에서는 얼마나 후려칠지 고민하고 있겠죠.
아마 포스팅 신청하면 제 부상 경력하고 불펜으로 뛰었던 기
간, 그리고 올해 반짝한 거 아니냐는 의구심을 제기하겠죠."

"생각보다 잘 아네?"

"시간이 날 때마다 계속 고민하고 알아봤으니까요."

자신의 약점은 그동안의 커리어였다.

이것은 결코 지울 수 없는 약점이었고, 메이저리그에 가는
데 치명적인 약점이기도 했다.

그렇다고 해도 포기할 수 없는 것이 메이저리그를 향한 꿈이

었다.

"우선은 구단 측하고도 이야기를 계속해 주세요. 지금은 더 신경 쓰고 싶지 않아요."

"일단은 우승 커리어를 하나 쌓는 게 중요하니까?"

하도 함께 있다 보니 이제는 이심전심이라는 말이 어울릴 정도가 됐다.

어렸을 때부터 자신을 챙겨 준 진환과는 다른 의미로 친근한 형처럼 생각됐다.

상진은 영호와 맥주 캔을 부딪치고 쭉 들이켰다.

맥주 캔을 탈탈 털어 마지막 한 방울까지 핥아먹은 상진은 공을 쥐듯 맥주 캔을 손으로 구겼다.

"최고의 자리에 오른다. 그 이상은 그 이후에 생각해야죠."

해볼 테면 해보든지

플레이오프에서 충청 호크스를 기다리고 있는 건 정규 시즌 2위를 한 인천 드래곤즈였다.

시즌 막바지에 이상진에게 일격을 맞은 드래곤즈는 결국 강남 그리즐리와의 격차를 극복하지 못했다.

그래서 그런지 경기를 앞둔 분위기는 흉흉하기 그지없었다.

"그래 봤자 3차전 때 봤던 강동 챔피언스하고 큰 차이 없는 분위기네요. 챔피언스는 떨어지기 일보 직전이어서 오히려 더 절박했었죠."

그럼에도 이상진은 아무렇지도 않은 듯 인천 드래곤즈의 홈 분위기를 즐겼다.

배짱 두둑한 상진의 모습에 팀 동료들은 전부 미소를 지었다.

준플레이오프 3차전을 끝내 버린 그들의 에이스는 언제나 믿음직했다.

"몸 상태는 어떠냐?"

"최상의 컨디션입니다. 어차피 그날 등판해서 공 두 개밖에 안 던졌잖아요?"

"불펜에서도 몸을 풀었으니까."

"그것도 10개 정도밖에 안 던졌어요."

어차피 지난번 선발 등판 때도 투구 수를 최대한 조정하면서 관리했었다.

실제로도 체력 페널티는 거의 사라지고 없었다.

엊그제 마무리로 등판하는 바람에 잠깐 회복 시간이 주춤하긴 했지만, 그나마 남아 있는 건 60구 페널티뿐.

[투구 수 60의 페널티가 사라질 때까지 남은 시간 1시간 48분 33초]

남은 시간은 경기 시작 전까지는 없어지기에 충분했다.

상진은 가볍게 캐치볼을 하면서 몸을 풀었다.

"그런데 메이저리그 스카우터들이 가득하네요."

"오늘 선발 명단만 봐도 다들 몰려올 만하지 않겠냐?"

인천 드래곤즈의 김강현 vs 충청 호크스의 이상진.

메이저리그의 관심을 받고 있는 두 선수가 맞붙는 경기인 만큼 관심을 받지 않을 수 없었다.

다만 올해 맞붙었던 경기에서 이상진이 압승을 거두었단 사실은 변함이 없었다.

　평균 자책점도 2점대인 김강현보다 0점대 후반인 이상진이 훨씬 좋았다.

　이닝도 이상진이 40이닝이나 더 소화했으며, 대체 선수 승리 기여도(WAR) 수치로도 이미 두 배 가까이 차이가 났다.

　"그래도 가을 야구는 모르는 법이라잖아요?"

　"그래서 네가 이렇게 깽판을 치는 거지. 브라더스랑 경기할 때는 뻥카를 쳐 놓고는 챔피언스랑 경기할 때는 진짜 등판하기까지 하고."

　"재미있으니까 그러는 거죠."

　무엇보다 상진은 자신의 존재 하나만으로 판을 들썩거리는 게 너무 재미있었다.

　그동안의 자극적인 인터뷰를 싫어하는 사람도 많았다.

　다른 팀에 대해 존중이 없다는 비난도 종종 들었다.

　하지만 그런 것 하나하나가 전부 상대 팀에 대한 치밀한 계산이 있기에 이뤄진 인터뷰였다.

　"그동안 잘 지내셨나요, 임경혁 감독님?"

　가볍게 다가가서 인사를 건네자 임경혁 감독의 얼굴이 오묘해졌다.

　상대 팀의 선수와 인사를 나누는 게 딱히 잘못된 건 아니다.

　오히려 안면이 있다면 인사를 하는 게 당연한 일이다.

"이렇게 인사를 하는 건 오랜만이네."

"그러게요. 시즌 중에도 자주 인사를 드리지 못해서 죄송합니다."

임경혁 감독의 입장에선 경기 시작 전에 하는 인터뷰를 하기도 전에, 오늘 선발로 등판하는 상대 팀의 투수가 다가오니 조금 난감했다.

기자들은 벌써부터 눈을 반짝이며 두 사람의 만남을 주시하고 있었다.

이상진은 언제 터질지 모르는 시한폭탄 같은 존재였다.

간단한 인사를 끝내고 멀어지자 기자들은 일제히 임경혁 감독에게로 몰려들었다.

"이상진 선수와 어떤 말씀을 나누신 겁니까?"

"그저 간단한 인사였을 뿐입니다."

"정말 간단한 인사였나요?"

"물론입니다. 별다른 이야기는 없었습니다."

단지 말을 걸고 인사를 나눴을 뿐인데도 상대 팀 더그아웃은 난리가 벌어졌다.

그 모습을 멀찍이 구경하고 있던 한현덕 감독은 유유히 돌아오는 이상진을 보며 고개를 절레절레 흔들었다.

"이 핵폭탄 같은 놈."

"왜요? 이 정도는 아무것도 아니잖아요?"

"네가 가서 인사하고 몇 마디 주고받은 걸 지켜본 기자들이 잘도 넘어가 주겠다. 혹시라도 소스가 있을지 모르니까 어떻게든 알아내려고 하겠지."

인사를 마치고 간단한 안부 몇 마디를 나눈 게 전부였다.

하지만 기자들은 그렇게 생각하지 않는다.

한현덕은 이런 기자들의 심리를 말하고 있었다.

"요새 읽는 책에 이렇게 써 있더라고요. 적을 무너뜨리려면 머리부터 노려라."

"별걸 다 읽는다. 그래서?"

"그래서 일단 던져 놓고 왔죠."

한마디로 다가가서 인사를 한 게 의도적이란 소리였다.

이상진은 지금까지 쌓아 온 자신의 존재감을 이용해서 말 몇 마디로 상대 더그아웃에 폭탄을 던져 놓고 왔다.

"경기 시작 전까지 임경혁 감독이 꽤 고생하겠군, 에휴. 몸도 적당히 풀린 것 같으니 가서 쉬어라."

"감독님은 체력에 대해서 별말씀 안 하시네요?"

"어차피 얘기해 봤자 네 고집은 누가 꺾겠냐. 그리고 이건 내 결정이다."

한현덕 감독도 나름대로 각오를 굳혔다.

사실 늦었다고도 할 수 있었다.

하지만 준플레이오프에서 이상진이 미친 듯이 날뛰는 모습을 보며 생각을 바꿨다.

"선수를 기용하는 건 감독의 권한. 잘되면 선수가 잘 뛴 거고, 못하면 내가 잘못한 셈이겠지. 물론 네가 포스트 시즌에서 무너진다면 내가 전부 책임져야 하고. 이 망할 놈아."

"죄송합니다."

"순순히 사과하지도 마라. 어차피 우리는 공범이다. 알고 있지?"

"물론이죠."

이상진은 우승을 원한다.

그걸 위해서라면 팀을 위해 얼마든지 희생할 각오를 하고 있었다.

그래서 한현덕은 조금 창피하기도 했다.

선수가 와일드카드전을 시작하기 전부터 다져 놓은 각오인데, 자신은 아직까지도 기용에서 혹사 이야기를 들을까 봐 두려워하고 있었다.

그리고 충청 호크스가 여력을 남겨가며 우승을 노릴 정도로 강한 팀도 아니었다.

'지금은 승부사가 되어야 할 때.'

한현덕 감독은 이 순간 냉혹한 승부사가 되기로 결심했다.

*　　　　　*　　　　　*

기자들과의 인터뷰에서 진땀을 흘린 임경혁 감독은 더그아웃에 돌아와서 한숨을 토해 냈다.

"휴우, 저놈한테 이렇게 휘둘릴 줄이야."

"괜찮으십니까?"

"괜찮고 뭐고 짜증이 나더라."

기자들은 악독할 정도로 임경혁을 물고 늘어졌다.

이상진하고는 정말 간단한 인사만 주고받고 근황만 이야기 했을 뿐인데도 혹시 이면에 다른 무언가 있지 않을까 궁금해 하는 표정들.

경기 전부터 괜한 기력을 소모한 느낌이었다.

"아주 하이에나가 따로 없어. 그건 그렇고 준비는 됐어?"

"예. 선수들마다 세부적으로 지시를 내려놨습니다. 다들 준비 중입니다."

"그래?"

오늘 준비해 온 건 바로 이상진을 무너뜨릴 방법이었다.

그동안의 패턴을 이중 삼중으로 분석하고 메이저리그에서 쓰는 방식까지 동원했다.

스트라이크존을 상하좌우 고루고루 사용하는 이상진의 패턴은 종합해서 보면 전혀 알 수 없었다.

하지만 선수별로 세분화해서 보면 어느 정도 성향이 드러났다.

"으음, 승부처는 역시 1회인 건가."

"네. 분석 당했다고 알아챈다면 패턴을 바꿀 테니까요."

"시즌 중에 안타를 맞고서 패턴이 바뀐 경우는?"

"총 여덟 번이었습니다. 사용하는 구종이 바뀐 건 단 한 번 뿐이고, 나머지는 공략하는 코스가 바뀌었습니다."

전력 분석팀이 팀이 아니라 선수 한 명에게 매달린 건 참 오랜만이었다.

말 그대로 시즌 하나를 통째로 분석했고, 현미경이 아니라 아예 CT에 MRI 촬영까지 한 듯한 정밀함이었다.

이상진 한 명에 대한 분석 자료만 전부 합쳐서 A4용지로 140매에 달했다.

"선수들에게도 각자 지침을 전달해서 훈련을 진행하도록 해 놨습니다."

"다들 놀라겠군. 자신의 약점을 이용하는 게 아니라 그걸 노리는 투수의 심리를 역으로 이용해서 타자를 농락한다니."

"안 그래도 다들 어이없어하더군요. 그래서 더 헷갈렸다고."

이제 문제는 패턴이 바뀌었을 때에 맞춰서 타선을 얼마나 빠르게 변화하느냐였다.

이상진과 인천 드래곤즈의 타선 사이에 벌어지는 싸움은 이제부터 시작이었다.

*　　　　*　　　　*

―안타! 인천 드래곤즈의 선두 타자 김강민 선수가 안타를 때려 냅니다!

―이상진 선수, 고개를 갸웃거리는군요. 뭔가 마음에 들지 않는 모습입니다.

―2번 고정욱 타자도 145킬로미터에 달하는 슬라이더를 걷어 냅니다!

─단숨에 무사 1, 2루가 만들어집니다!

이상진의 얼굴이 일그러졌다.

그걸 보면서 인천 드래곤즈는 환호했고, 관중석의 팬들은 경악했다.

이상진이 무너진다.

2019년 패넌트 레이스를 거치며 절대무적의 투수로 군림했던 이상진이 벌써 안타 두 개를 내주고 있었다.

타석에 들어선 최자석은 무사 1, 2루가 된 지금의 상황이 너무 즐거웠다.

드디어 이상진을 무너뜨릴 때가 됐다고 생각하며 배트를 꼭 움켜쥐었다.

'주로 몸 쪽으로 공략하며 쳐 내지 못하도록 하는 게 여태까지의 투수들이었지.'

그렇기에 이상진은 역으로 바깥쪽을 노려올 것이다.

보통의 투수들보다 한 수 더 읽어 내기 때문에 오히려 상상하지 못하는 부분이 있었다.

데이터를 통해 상대가 무슨 생각을 하는지 알게 되자 자석은 오히려 감탄했다.

그만큼 이상진은 대단했다.

그리고 초구부터 그걸 실감할 수 있었다.

"스트라이크!"

"어?"

바깥쪽 낮게 날아올 거라는 지시와 다르게 공은 몸 쪽으로 휘어지는 커브였다.

흠칫 놀라며 더그아웃 쪽을 바라보니 그쪽도 당황스러운 기색이 역력했다.

'아직 두 타자밖에 지나지 않았는데 패턴을 바꿨다고?'

사실 여태까지 최자석의 약점은 몸 쪽으로 날아오는 공이었다.

그래서 역으로 그걸 몸으로 받아 내며 사구로 출루하기도 했고, 어설프게 날아온다 싶으면 스윙을 해서 걷어 냈다.

그럼으로써 몸 쪽 공을 되도록 던지지 못하도록 만들었다.

그런데 이상진은 조금 달랐다.

그는 자신에게 최대한 포심을 자제하면서 바깥쪽을 공략하다가 몸 쪽을 노려 왔다.

우완이기 때문에 몸에 맞을 가능성이 매우 컸음에도 스스럼없는 공략이었다.

그래서 화들짝 놀랄 때가 많았다.

"스트라이크!"

최자석의 얼굴이 하얗게 변했다.

패턴을 바꾸리라는 건 이미 경기 전에 있었던 감독의 설명을 들어 알고 있었다.

하지만 이렇게까지 바뀔 줄은 미처 생각하지 못했다.

다음에 공이 어디로 올지 예상이 됐는데 정작 벤치의 사인은 생각하는 것과는 정반대였다.

갈피를 잡지 못하고 혼란스러워하는 사이 세 번째 공이 날아왔다.

"스트라이크! 타자 아웃!"

"젠장!"

최자석은 변화한 패턴에 적응하지 못하고 바깥쪽 낮게 깔려서 휘어지는 슬라이더에 헛스윙을 하고 말았다.

"바뀌었군."

"단 두 타자 만에 분석당했다는 걸 알고 패턴을 바꾸다니."

인천 드래곤즈의 벤치에서는 바로 패턴을 바꿔 버린 이상진의 재빠른 움직임에 혀를 찼다.

하지만 아웃 카운트가 하나 올라가자마자 그들 역시 다시 움직였다.

임경혁 감독의 지시에 따라 패턴이 어떻게 변화했는지 파악한 인천 드래곤즈는 그에 맞추어 나갔다.

벤치와 타석에 선 타자 사이에 수많은 사인이 오갔다.

그리고 4번 타자로 나온 로버트는 그 지시를 충실히 이행할 능력을 갖추고 있었다.

따악!

짧게 쥔 배트로 간결한 스윙을 한 로버트의 타구는 2루와 3루 사이를 총알같이 뚫어 냈다.

다행스러운 건 좌익수로 배치된 최진형이 생각보다 앞에 배치되어 있단 사실이었다.

—안타! 이상진 선수에게 또다시 안타를 때려 내는 인천 드래곤즈!

—배트를 짧게 쥐고 신속하게 대처하고 있습니다! 오늘 인천 드래곤즈가 단단히 준비해 온 듯하네요.

—빠른 송구가 3루로 향합니다! 세이프!

—이것으로 만루! 이상진 선수의 위기입니다!

'패턴을 바꿨는데도 쳐?'

점수를 내주지 않은 건 한현덕 감독이 미리 좌익수의 수비 위치를 앞으로 나오게 지시해 둔 덕분이었다.

하지만 1아웃에 만루.

이상진은 이를 뿌드득 소리가 날 정도로 갈며 인상을 찌푸렸다.

"해보자는 거지?"

시즌을 치르면서 재환과 함께 타자를 어떻게 상대할 것인가, 이야기를 많이 나눴다.

타자의 성향에 따라서 던지는 방법과 자신의 능력에 맞춰서 던지는 방법.

그 외에도 이런저런 상황을 가정해서 여러 가지 패턴을 준비해 뒀다.

그런데 오늘 그 패턴 대부분이 파훼당했다.

"아웃!"

"아웃!"

다행스럽게 1사 만루에서 땅볼을 유도해 병살로 처리했다.

하지만 상진의 표정은 썩 좋지 않았다.

패턴을 벌써 3개나 보여 줬고, 인천 드래곤즈는 다음에도 똑같이 대응해 올 것이다.

더그아웃으로 돌아오자마자 코칭스태프와 재환이 심각한 얼굴로 다가왔다.

"아무래도 패턴을 알아챈 거 같은데."

"쉽게 알아낼 만한 게 아닌데도 용케 알아냈네요."

"그러게 말이다."

순전히 데이터를 공략해서 준비해 둔 패턴이었기에 파악하는 것부터가 난제였다.

그런데도 인천 드래곤즈는 성공했다.

"재환이 형, 준비해 둔 패턴은 전부 파기할게요."

"어쩌게?"

1회에 이 난리가 벌어졌다.

그렇다면 시즌 중에 보여 줬던 패턴 대부분은 이미 공략됐다고 봐도 무방했다.

전력 분석팀이라는 존재는 충청 호크스에서도 겪어 봤지만 그리 만만하지 않았다.

"새로 패턴을 준비할 거냐?"

송신우 코치의 질문에 고개를 끄덕였다.

그동안은 타자들에게 맞춤형으로, 혹은 그들에게 맞춰 던지던 투수의 공략법을 역으로 이용하는 방식이었다.

하지만 그래서는 더 통하지 않는다.

근본적으로 공략 방법을 뒤집을 필요가 있었다.

"그동안 너무 타자들한테 맞춰서 던져 줬나 봐요."

거칠게 육포를 물어뜯어 질겅거리면서 이상진은 얼굴을 찌푸렸다.

어떻게 보면 너무 마음을 놓고 있었는지도 몰랐다.

"철저하게 박살 내 주겠어요."

"어떻게?"

"재환이 형."

올해 한 번도 본 적이 없는 얼굴.

그건 자존심에 상처를 입은 맹수의 표정이었다.

"사인은 제가 낼게요."

*   *   *

콰앙!

공을 잡는 거라고는 생각하지 못할 정도의 폭음이 최재환의 포수 미트에서 울려 퍼졌다.

6번 타자로 올라온 이재원은 당혹스러운 눈으로 더그아웃을 바라봤다.

'이건 아닌데?'

당황스러워하는 재원에게 사인이 날아왔다.

—패턴을 다시 파악할 테니 적당히 상대해.

커트를 하며 구종을 파악하고 패턴을 알아낸다고 미리 정해 두기는 했다.

하지만 초구로, 그것도 스트라이크존 한복판에 꽂히는 포심 패스트볼의 구위를 보니 절로 욕설이 흘러나왔다.

'말이야 쉽지!'

전광판을 보니 156킬로미터라는 어마어마한 구속이 찍혀 있 었다.

순수 토종 선수들 중에 이 정도의 구속을 찍어 내는 선수가 몇이나 있을까.

그것도 송곳보다 훨씬 날카롭게 던질 수 있는 제구력으로.

"볼!"

하마터면 배트가 저절로 끌려 나갈 뻔했다.

그리고 재원은 뭔가 이상하단 사실을 깨달았다.

자신은 스리쿼터로 던지는 투수보다 사이드암, 언더핸드로 던지는 투수에게 강했다.

그런데 3구째 날아오는 공은 사이드암이었다.

'얕잡아 보기는!'

정확하게 노리고 배트를 휘두른 재원은 순간 아차 싶었다.

사이드암으로 던지려던 상진의 폼이 어느 순간 조금 더 낮아 졌다.

순식간에 언더핸드로 바뀐 폼에서 떠난 공은 본래 예측보다 더 높게 들어왔다.

따악!

"아웃!"

포수 마스크를 집어 던진 재환이 가볍게 잡아내는 모습을 보며 재원의 얼굴이 일그러졌다.

더그아웃으로 돌아가던 재원은 대기 타석에 있던 최장덕과 마주쳤다.

"어때요?"

"뭔가 이상해."

"어떻게 이상한데요?"

"그걸 모르겠어."

어딘가 모르게 날이 서 있는 듯한 기분은 1회에 얻어맞아서 그런 거라고 생각했다.

하지만 패턴만으로 본다면 그동안 던져 왔던 것과 비교해서 묘하게 달랐다.

그게 뭔지 알 수가 없어서 답답했다.

"수고했다."

"그런데 대체 패턴이 어떻게 바뀐 겁니까?"

이렇게 묻던 재원은 순간 흠칫하며 말을 멈췄다.

임경혁 감독을 포함한 코칭스태프 전원의 표정이 굳어 있었다.

"어떻게 된 겁니까?"

"오히려 이쪽이 묻고 싶다. 네 감상은 어땠냐?"

"오묘했습니다. 기존에 던지던 대로 저의 약점을 노리거나 혹은 강점을 역으로 치고 들어오는 것 같았습니다."

"하지만 상대하는 게 훨씬 까다로워졌지?"

재원은 살짝 눈을 크게 떴다가 고개를 끄덕였다.

아까 언더핸드로 던진 공에 배트가 빗맞았을 때 어딘가 모르게 훨씬 묵직해진 기분이었다.

그리고 경험이 많은 감독인 임경혁은 그 원인을 정확하게 파악하고 있었다.

"이상진이 제대로 독을 품은 거야."

"그럼 그동안은 대충 던졌다는 말씀이십니까?"

"아니지. 그런 게 아니야. 그동안 이상진은 철저하게 계산적으로 던져 왔어."

타자의 성향과 심리 등을 철저하게 고려하며 약점을 파고들었다.

그 약점을 파고들 걸 예상한다면 오히려 강점인 부분을 노리며 상대에게 혼란을 주었다.

무척이나 계산적이고 기계적으로 이루어지는 효율적인 투구였다.

"그런데 지금 봐라."

타석에 서 있는 최장덕은 3구째를 커트해 내며 버티고 있었다.

하지만 이미 카운트는 투 스트라이크로 몰려 있었다.

"변한 게 있다면 마음가짐이지."

이상진은 지금 패턴을 바꾼 게 아니었다.

기본적인 투구 스타일을 바꿔 버렸다.

그런 건 파악한다고 해서 어떻게 해 볼 만한 게 아니었기에 더욱 까다로웠다.

"어쩌면 우리는 오늘 사자의 코털을 뽑은 게 아닌가 싶다."

*　　　　　*　　　　　*

충청 호크스도 김강현을 상대로 점수를 뽑아내지 못했지만, 인천 드래곤즈도 마찬가지였다.

최재환은 공을 놓칠 뻔하자 허둥지둥 몸으로 블로킹해 내며 당황한 얼굴이 됐다.

'이 자식. 이 정도로 던질 수 있었나?'

말도 안 될 정도의 변화였다.

재환은 생각보다 더 꺾여서 바깥쪽으로 휘는 공에 손을 뻗으며 아차 싶었다.

그래도 다행인 건 주자가 없었다.

물론 충청 호크스의 더그아웃에서도 놀라움을 금치 못했다.

"재환이가 저렇게 허둥댈 정도의 공이라니."

올해 타격이 좋아졌어도 본래 수비력으로 정평이 난 재환이었다.

폭투가 생기지 않도록 블로킹도 잘하고 도루 저지율이나 프레이밍을 비롯한 온갖 기록에서도 평균 이상은 해 주는 재환이었다.

그렇기에 오늘 같이 약간 흐트러진 모습은 의외였다.

"상진이 녀석의 변화구 공끝이 훨씬 더러워졌네요."

"게다가 성질머리는 더 더러워졌어."

한현덕 감독마저도 고개를 저을 정도로 공 끝이 더러워졌다.

기본적인 스타일이 바뀌면서 계산적이고 효율적으로 던지며 변화무쌍했던 상진의 공이 윽박지르는 방식으로 바뀌었다.

그러면서 구속을 제어하기 시작했다.

"원래 삼진을 많이 잡는 녀석이긴 한데, 오늘은 유독 더 심할 거 같네요."

방금 전에 던진 공은 초구와 2구째 모두 포심 패스트볼이었다.

그런데 초구는 구속이 153킬로미터였던 것에 비해 2구째 던진 포심은 구속이 139킬로미터였다.

완벽할 정도의 구속 제어까지 시도하며 던지고 있었다.

그리고 오늘 던지는 공들은 평소보다 훨씬 심한 변화를 보여 주고 있었다.

"저게 상진이의 전력투구겠지."

"여태까지 한 번도 본 적이 없었네요."

시즌 마지막에 들어서는 9이닝을 소화해도 여유 있어 보일 정도였다.

그런 이상진이 오늘은 자신이 가진 무기를 전부 뽐내고 있었다.

"스트라이크! 타자 아웃!"

4회까지 이런 페이스는 그대로 유지됐다.

막강한 구위와 예리한 제구력, 그리고 타자를 농락하는 구속 제어에 이어서 사이드암, 언더핸드로의 폼 변화까지.

올해 이상진이 사용한 무기들이 전부 공개되는 전시회 같았다.

"와아아아아!"

관중들의 함성과 함께 심판의 스트라이크 콜이 울려 퍼졌다.

"스트라이크! 타자 아웃!"

  *　　　　*　　　　*

─이상진 선수가 5회에 오늘 10번째 삼진을 잡아냅니다!

─무시무시한 투구네요. 1회의 위기가 마치 거짓말처럼 느껴집니다!

─지금 이상진 선수는 1회에 공략당한 후 여태까지 본 적이 없는 모습을 보여 주고 있네요.

─그게 어떤 겁니까?

─이상진은 여태까지 다양한 무기로 타자를 농락하는 투구를 해 왔습니다. 그런데 오늘은 구위로 찍어 누르는 듯한 모습이군요.

최자석마저도 고개를 흔들었다.

로버트도 마찬가지였고 팀의 수위 타자라고 할 수 있는 선수들 난감한 얼굴이었다.

"힘에서 밀리고 있나."

"아마 저게 이상진의 전력투구일 겁니다."

"0점대 방어율을 기록하면서도 전력투구를 보여 준 적이 없었다니. 미치고 환장할 노릇이군."

패턴을 알아도 공략 방법이 없었다.

예전에는 살짝살짝 타자를 유혹하는 공이었다면, 지금은 아예 대놓고 쳐 볼 테면 쳐 보라는 식의 공이었다.

게다가 스리쿼터, 사이드암, 언더핸드의 세 가지 폼에서 나오는 변화구들은 타자들의 눈을 현혹시킬 정도로 화려했다.

"스트라이크!"

또다시 들려오는 스트라이크 콜에 임경혁 감독의 얼굴은 창백해졌다.

준플레이오프가 됐건 플레이오프가 됐건.

아니면 한국 시리즈가 되든 간에 1차전의 승리는 기선 제압이라는 이유만으로도 충분히 승리해야 했다.

한국 시리즈 같은 경우에도 1차전에 승리를 거둔 팀이 우승을 차지할 확률은 74.3퍼센트였다.

그만큼 1차전은 중요했다.

"충분히 준비해 왔다고 생각했는데, 이렇게 될 줄이야."

그런데 역시 사람 일은 뜻대로 되는 게 없다.

이상진이 올라올 거라 예상했던 그에 대해 최선을 다해 분석했다.

선수들에게 어떻게 대처할지도 알려줬고 벤치에서 바쁘게 사인을 주고받으며 변화하는 패턴에 대항했다.

하지만 이상진은 생각보다 훨씬 거대한 투수였다.

"올해 시작했을 때는 먹기만 하는 미친놈인 줄 알았는데."

FA 계약을 어처구니없는 방식으로 맺었다고 할 때는 미쳤다고 생각했었다.

혹은 박종현 단장이 FA 계약 당시 보호 명단을 짜기 위해, 다르게 본다면 이상진에게 은퇴를 종용하기 위해 저렇게 옵션 투성이의 계약을 제시했다고 여겼다.

그런데 아니었다.

"스트라이크! 타자 아웃!"

퇴물이라고 생각했던 투수는 이렇게 괴물이 되어 인천 드래곤즈의 목덜미를 물어뜯고 있었다.

김강현이 잘 버텨 주고 있지만, 7회를 맞이하면서 구속과 구위가 떨어지기 시작했다.

하지만 이상진은 방금 전 던진 포심 패스트볼의 구속이 153킬로미터가 나오며 아직까지 건재했다.

"8회에는 신재형을 올린다."

김강현의 투구 수는 벌써 103개.

더 버틸 수는 없었다.

"1차전에 승리한 팀이 한국 시리즈에 진출할 확률이 79퍼센트라지? 하지만 우리에게는 아직 21퍼센트라는 확률이 남아 있다."

여기에서는 분루를 삼키고 다음을 기약하는 수밖에.

"포기하지 않는다면 우리는 한국 시리즈에 올라갈 수 있다."

그리고 이상진은 9회까지 던졌다.

─이상진 선수가 9이닝 완봉승을 거둡니다!

─인천 드래곤즈 격침! 충청·호크스가 한국 시리즈로 갈 중요한 1차전을 잡아 냅니다!

*   *   *

1차전을 승리한 충청 호크스는 여태까지 본 적이 없을 정도로 고무되어 있었다.

5위 확정 때도 그렇고, 준플레이오프 1차전 승리 때도 그랬지만, 오늘만큼은 특별했다.

하지만 원정팀 숙소로 돌아온 그들을 반긴 건 더욱 놀라운 소식이었다.

"회장님이?"

충청 호크스를 후원하는 모기업의 회장이 보낸 위문품이 원정 숙소에 가득했다.

그중에서 가장 멋진 것은 바로 출장 뷔페였다.

기업 회장님이 직접 섭외해서 그런지 일반 뷔페와는 전혀 다른 품질의 음식들이 냄새를 뿜어내고 있었다.

"오늘 승리를 거두는 데 공헌한 선수분들을 격려하기 위해서 보내오셨답니다."

한현덕 감독은 옆에서 눈을 반짝이면서 자신을 바라보는 선수들을 향해 귀찮다는 듯 손짓을 했다.

허락이 떨어지자마자 선수들은 환호성을 지르며 뷔페를 향해 달려들었다.

그리고 이상진은 그 누구보다 열심히 먹기 시작했다.

"아, 그리고 한현덕 감독님."

"왜 그러십니까, 단장님?"

박종현 단장은 머뭇거리다가 작게 한숨을 내쉬었다.

그의 얼굴에는 미묘한 감정이 담겨 있었다.

어차피 피할 수 없단 걸 알고 있었기에 한참 망설이던 그는 결국 본론을 입 밖으로 꺼냈다.

"회장님께서 이상진 선수의 다음 등판 때, 직접 보러 오신다고 하십니다."

*   *   *

출장 뷔페를 위해 나온 직원들을 비롯해서 선수들 전부 입을 떡 벌렸다.

음식의 양은 말 그대로 산더미였다.

먹성 좋기로 정평 난 야구 선수들을 비롯해서, 아직도 현역들 못지않게 먹는 코칭스태프들도 전부 나가떨어졌다.

구단 직원들조차도 이미 고개를 흔들며 뒤로 물러난 상황.

그 와중에도 장판파의 장비처럼 홀로 음식을 상대하는 남자가 있었다.

"아직도 먹어?"

경기가 끝나고 숙소로 돌아온 시간은 대략 10시.

그로부터 두 시간이나 지나 곧 자정이 되는 시간까지 오로지 배를 채우는 데 집중하는 한 사내.

그를 보며 선수들은 전부 경악했다.

"저게 사람이야, 하마야."

"하마도 상대가 안 될 거 같은데?"

"아니, 그 전에 저게 배 속에 다 들어가? 무슨 코끼리야?"

처음에는 다른 선수들과 비슷한 속도로 먹었다.

그런데 사람들이 하나둘씩 떨어져나가고 몇 남지 않게 됐을 때부터가 진짜였다.

이상진은 말 그대로 폭풍 같은 속도로 먹을 걸 해치우기 시작했다.

잔반 하나 남기지 않고 전부 처리해 버리겠다는 의지를 보여주고 있었다.

"언제부터 찍었냐?"

막내인 정은일이 휴대폰 카메라로 동영상을 찍고 있었다.

먹다 지친 재환이 옆에 앉아서 흘끗 보니 플레이 타임만 1시간이 넘고 있었다.

"벌써 1시간 10분이에요."

"그동안 계속 저렇게 먹어 댄 거야? 더그아웃에서도 봤지만 작정하고 먹으니 미쳤네."

"그나마 아까는 이야기라도 하면서 먹었죠. 지금은 아예 말하지도 않고 있잖아요."

그나마 출장 뷔페 직원들은 이성적이었다.

그들로서는 나중에 처리할 잔반이 줄어드니 오히려 좋아하고 있었다.

그래서 그들은 보관하기 까다로운 음식들부터 우선적으로 상진에게 가져다주고 있었다.

무엇이든 잘 먹는 상진으로서도 직접 가지러 갈 필요 없이 앉아서 먹다 보면 알아서 가져다주니 편한 일이었다.

"그러면 내기해 보자. 난 이상진이 저기 있는 음식들 전부 먹는다에 10만 원 건다."

"오! 저는 못 먹는다에 5만 원 겁니다."

"저도 전부 먹는다에 5만 원 걸겠습니다."

서로 이상진이 먹는 모습을 보며 희희낙락하는데 갑자기 뒤에서 그림자가 드리워졌다.

뒤를 돌아보니 한현덕 감독이 서 있었다.

"가, 감독님?"

"죄송합니다."

약간 험악한 얼굴에 선수들은 서로 내기하려던 걸 취소하고 사과하려 했다.

하지만 감독의 입에서 나온 말은 뜻밖이었다.

"이 새끼들, 쪼잔하게 5만 원이나 10만 원이 뭐냐?"

"예?"

짓궂은 미소가 한현덕의 입가에 떠올랐다.

"난 30만 원 건다."

＊　　　＊　　　＊

음식의 대폭풍에서 이상진은 결국 모든 음식을 해치우는 데 성공했다.

그렇게 부른 배를 두드리며 맞이한 플레이오프 2차전에서 충청 호크스는 안토니를 내세웠다.

그 상대는 드래곤즈의 외국인 선발투수인 루이스.

양 팀의 1선발인 김강현과 이상진에게 밀려났어도 두 투수 모두 위력적인 투수였다.

결과는 2 대 1로 드래곤즈의 승리로 끝났다.

3차전에 등판한 건 호크스의 마이카와 드래곤즈의 에스테르였다.

2차전과 마찬가지로 맹렬한 투수전 끝에 이번에는 호크스가 1 대 0으로 승리를 차지했다.

「호크스와 드래곤즈, 화려한 투수전으로 4차전 돌입」

「4차전 선발투수는 이상진」

「식어 버린 양 팀의 타선은 언제쯤 살아날 것인가」

양 팀의 타선이 3경기 동안 낸 점수는 합쳐서 6점뿐이었다.

등판한 여섯 명의 선발투수들이 뛰어났다고 말할 수 있겠지만, 그만큼 타선에 대한 실망감은 날이 갈수록 더했다.

이번에는 이상진의 조언조차도 잘 들어 먹히지 않을 정도로 위험했다.

"아무래도 다들 너무 들떠 있었던 것 같습니다."

"준플레이오프 3차전에서 한 번 터졌던 것도 문제였지."

한현덕 감독은 이상 현상에 대해 정확하게 짚고 있었다.

하지만 어쩔 수 없는 일이기도 했다.

애당초 포스트 시즌에서 믿을 수 있는 건 믿음직한 세 명의 선발투수와 확실한 마무리 정도였다.

극과 극을 달리는 타선과 어설픈 불펜은 확실한 계산이 서질 않았다.

"3차전 승리도 아슬아슬했습니다."

"마지막에 우한이가 잘 막아 줘서 그나마 다행이었지."

3차전 9회에 무사 1, 2루가 됐던 걸 생각하면 등골이 서늘했다. 하마터면 3차전을 내주고 오히려 불리한 입장이 될 뻔했었다.

"상진이가 또 부담스럽겠군."

"마운드에 나가지 못해서 안달인 녀석 아닙니까. 다만 투구 수는 잘 조절해 줘야 할 것 같습니다."

지난번 드래곤즈와의 1차전에서 9이닝 동안 107구를 던지며 승리에 지대한 공헌을 한 녀석이었다.

오늘은 상황이 된다면 적정한 선에서 투구 수를 관리해 줄 생각이었다.

"하여튼 상진이가 올라오면 계산이 돼서 편해."

계산이 가능하면서 확실한 승리를 보장할 수 있는 카드였다.

지난번에는 준플레이오프 MVP를 받아낸 데 이어 오늘 저녁에 벌어질 4차전에서 또다시 승리를 거머쥔다면 플레이오프 MVP도 확정적이었다.

"4차전 등판이라는 게 좀 걸리긴 합니다."

"원래는 한국시리즈 1차전에 내세울 생각이었으니까."

"이상진이라면 오늘 등판하고 1차전에도 또 나온다고 하겠죠."

"고집불통인 놈이니까."

"어차피 등판한다고 하면 또 등판시키실 생각이지 않나요?"

한현덕 감독은 못 말린다는 표정을 지으며 고개를 절레절레 흔들었다.

5위인 팀이 상위 팀을 이기려면 전력을 기울여야 했고 선수들의 체력도 신경 써야 했다.

그래서 포스트 시즌을 치르면서 그는 팀 내의 선수들을 고루고루 기용했다.

하지만 이상진은 예외였다.

"어쩔 수 없잖나. 사실 나도 그렇고 싶진 않아."

"동감입니다. 너무 부담을 짊어지게 하는 것 같아서 저도 별로 기분은 좋지 않습니다."

그래도 이상진의 체력과 경기 운영 능력은 경이로운 수준이었다.

와일드카드, 준플레이오프, 플레이오프 1차전을 승리하고 기선을 제압하는 데 지대한 공을 세웠다.

사실 인터넷에서는 여기까지만 왔어도 충분하다는 팬들의 감상도 있을 정도였다.

"그래도 여기까지 왔으니까 한국 시리즈는 한번 밟아 봐야겠지?"

이미 시리즈 전적 2승 1패로 우위를 점하고 있었다.

한 경기만 승리하면 바로 한국 시리즈 진출 확정이었다.

물론 한현덕 감독은 승부사였고 이상진도 마찬가지였다.

"선발로 등판하는 이상진에게 모든 것을 맡긴다. 투구 패턴, 사인의 교환. 그 무엇도 더그아웃에서 간섭하지 않도록 하지."

겉으로 드러나지 않는 한현덕 감독은 오늘 경기 운영의 전권을 이상진에게 위임했다.

*　　　　*　　　　*

"이상진! 이상진! 호크스의 불사조! 이상진!"

"워어어어! 워어어어! 호크스의 심장! 이상진 파이팅!"

경기가 시작하기 전인데도 대전 호크스 파크의 1루 관중석은 뜨거운 열기에 휩싸여 있었다.

그 안에서 깃발을 흔들며 즐거워하는 아버지를 발견한 이상진은 쓴웃음을 지으며 모자의 챙을 지그시 눌렀다.

"아버님이 오셨나 본데?"

"아, 몰라요."

"목소리 들리던데. 아니야?"

"쓰읍!"

재환의 농담에 이상진은 눈꼬리를 확 치켜뜨고는 피식 웃었다.

그동안 몇 번이고 경기장에 찾아왔던 아버지는 오늘 티켓을 구해 드리지 않았는데도 직접 쳐들어오셨다.

"아들 사랑은 우리 아버지도 본받으셨으면 좋겠는데 말이지."

"저렇게는 하지 말아 주세요. 저렇게 팔불출인 건 우리 아버지로도 충분하니까요."

그때 머리 위에서 커다란 고함 소리가 들려왔다.

"우리 아들! 오늘 한번 해 보자! 한국 시리즈 가자!"

"아, 좀!"

이상진은 얼굴을 감싸 쥐면서 한숨을 내쉬었다.

창피해서 얼굴이 화끈거렸다.

주위의 팀 동료들은 피식피식 웃으면서 상진의 어깨를 두드려 줬다.

"으휴, 그런데 오늘은 어떨 거 같냐?"

"글쎄요? 저쪽이 딱히 대책을 세워 왔을 것 같진 않은데요."

"또 찍어 누를 생각이구나."

"그것도 그거고 새 패턴도 써 봐야 하지 않겠어요?"

그동안 보여 줬던 구종 조합 패턴이 털렸던지라 이번에 새로 두어 가지 준비해 둔 것도 있었다.

지난번에 당했던 걸 그날 갚아 준 것만으로 부족했다.

오늘 다시 한번 철저하게 짓밟아 줘야 만족할 수 있을 것 같았다.

"하여튼 너만큼 철저한 놈도 없을 거다."

"그리고 감독님이 전권을 주신다니까 마음껏 던져 보죠."

"그 전에 공에 변화를 좀 작작 줘라. 매번 손가락을 슬쩍 비트니까 변화가 너무 세잖아."

"못 잡는 게 제 책임인가요? 포수 책임이지."

재환과 농담을 주고받으면서 다시 패턴을 정리하기 시작했다.

오늘 플레이오프 4차전.

충청 호크스의 운명을 가를 중요한 경기였다.

오늘 경기는 홈에서 열리는 경기였기에 호크스의 팬들이 많이 왔다는 점도 있지만, 무엇보다 중요한 게 하나 있었다.

"2006년 이후로 처음이라죠?"

"너 입단하기도 전 일이네."

2009년에 입단한 이상진으로서는 가을 야구 자체가 생소했다.

그리고 팬들에게도 있어서 충청 호크스의 한국 시리즈 진출은 2006년 이후로 처음 맞이하는 경사였다.

"정말 여기까지 올 줄은 몰랐다."

"누구 덕분인지는 아시죠?"

"그래, 인마. 네 덕분인 거 우리 팀원들만이 아니라 전국 야구팬들이 다 알고 있다."

콧대가 높아진 상진은 씩 웃으면서 팔을 휘저었다.

"자, 더! 더! 더 칭찬해 주세요!"

"우쭐해하지 마. 지난번에 드래곤즈한테 털릴 뻔했으면서."

"쓰읍! 결국 안 털렸잖아요!"

*   *   *

플레이오프 4차전.

대전 호크스 파크는 어제에 이어 오늘도 관중석을 꽉 채웠다.

특히 금요일이어서 더욱 몰려들기도 했고, 경기장 밖에서도 들어가지 못해서 발을 동동 구르는 사람들로 가득했다.

"오늘도 이상진이다, 이상진. 이상진! 그놈의 이상진!"

임경혁 감독은 더그아웃에서 뭔가 말하려다가 울컥했다.

1차전에서 호되게 당한 건 덤이었다.

2019년 패넌트 레이스에서 이상진에게 당했던 걸 생각하니 분이 치밀어 올랐다.

"너희는 가을 야구를 4경기만 할 생각이냐?"

선수들도 말이 없었다.

이번에 3차전까지 오면서 재확인한 건 그나마 나은 투수진과 빈약한 타선뿐이었다.

그동안 가을만 되면 물 만난 고기처럼 날뛰던 타선이 올해만큼은 너무 조용했다.

완벽하게 계산을 마쳤다고 생각했건만 하나도 들어맞지 않았다.

"오늘 이상진이라고 해서 벌써부터 지레 겁먹은 놈들도 분명히 있을 거다."

평소와 다르게 거친 말투였다.

임경혁 감독은 말 그대로 코너에 몰려 있었다.

안 그래도 어제 구단 윗선에서 연락이 와서 대체 어떻게 된 거냐는 추궁까지 들어왔다.

우승 경쟁을 하다가 2위로 추락한 것도 모자라 이제는 플레이오프 탈락이 코앞이었다.

"겁먹지 마라. 아무리 폼이 다양하고 구종이 다채로워도 경기 도중에 실투가 안 나오는 투수는 없다. 그러니 사인을 잘 보고 실투를 노려라."

그 말에 베테랑 선수 몇몇은 눈에 띄게 안 좋은 표정을 지었다.

데이터를 주로 봐 왔지만, 이상진은 공을 던질 때의 버릇이 크게 드러나지 않았다.

그래서 특정 구종을 노리기도 힘들었다.

문제는 방금 전 감독의 말 때문이었다.

"이상진이 올해 실투가 가장 적지 않을까?"

"1차전 때 실투는 하나뿐이었잖아요."

최자석도 어이없다는 얼굴로 한숨을 쉬었다.

올해 이상진에게 홈런을 때려 낸 유일무이한 선수도 고개를 저을 정도였다.

"어찌됐든 오늘 욕먹을 이유는 없겠어."

"그러게요. 이상진이 잘 던졌다는 말로 끝날 테니까요."

시즌부터 시작해서 바로 4일 전에 있었던 플레이오프 1차전까지.

혹독한 경험을 해 온 인천 드래곤즈의 선수들은 감독의 윽박지름에도 전혀 승부욕이 샘솟지 않았다.

"플레이볼!"

그리고 구심의 경기 시작 신호와 함께 드래곤즈의 악몽이 시작됐다.

5회까지 피안타 두 개, 볼넷 하나만 내준 상진은 말 그대로 무시무시한 투구를 이어 나갔다.

이제는 너무 당연하다 싶을 정도였다.

이닝을 거듭할 때마다 관중들은 이상진을 외쳐 댔고 인천 드래곤즈의 원정단과 더그아웃의 분위기는 바닥으로 추락했다.

"악몽이야."

드래곤즈를 응원하기 위해 대전까지 내려온 관중 하나는 울먹이며 얼굴을 감싸 쥐었다.

솔직히 이상진을 공략할 수 있으리라고는 생각하지 않았다.

하지만 포기하지 않는 근성이라도 보여 줬으면 했다.

7 대 0

너무나도 압도적인 스코어는 승부를 뒤집을 수 있다는 희망조차도 앗아 갔다.

"스트라이크! 타자 아웃!"

—이상진 선수가 5회를 마무리 짓습니다! 삼자범퇴!

—눈이 부실 정도로 압도적인 투구입니다. 지난번에는 1회에 공략을 당하며 난감한 상황에 빠졌는데, 오늘은 그런 모습조차 보여 주지 않는군요.

—완벽, 그 이상의 모습을 보여 주고 있습니다!

5회까지 공 62개로 16명의 타자를 제압했다.

중간에 있었던 병살타 두 개 덕분에 투구 수를 훨씬 줄일 수도 있었다.

[경고: 투구 수가 60을 돌파하여 체력이 5 하락합니다.]

더그아웃에 돌아오는 상진의 모습에서는 여유가 철철 흘러

넘쳤다.

그러면서도 눈에는 아직도 살기에 가까운 투쟁심이 담겨 있었다.

그걸 본 한현덕 감독은 가볍게 마음을 놓았다.

"아직 방심하진 않나 보구나."

"그랬다가 지난번에 털렸으니까요. 적당히 밟으면 언제 또 패턴을 공략해 올지 모르잖아요."

아주 작은 빈틈조차도 허용하지 않으려는 상진의 태도에 만족스러운 미소를 지은 한현덕 감독은 그라운드를 돌아봤다.

7점이면 이미 충분한 점수였다.

그래도 충청 호크스의 타자들은 그동안 내지 못한 점수를 한꺼번에 몰아서 내려는 듯 연신 배트를 휘둘렀다.

"어떻게 할 셈이냐?"

"아까 말씀하신 대로 6회까지 던지고 내려가겠습니다."

"그래. 그러면 7회부터 불펜진을 가동하도록 하마."

어제 패하면서 정우한을 등판시키지 않았다.

이틀 연투가 아닌 만큼 9회는 정우한이 마무리 지어 줄 것이다.

그리고 현재 있는 불펜 자원이라면 7회와 8회 정도는 1~2점 이내로 막아 낼 수 있다는 계산도 있었다.

이건 전부 한국 시리즈를 위한 대비책이었다.

이 상황에서 5차전까지 가면 선수들의 체력은 물론 정신력의 소모도 무시할 수 없다.

그래서 4차전에 이상진을 투입한 건 승부를 빨리 끝내기 위한 방법이었다.

"알겠습니다."

시즌 중에 교체를 지시하면 불만 가득한 표정을 짓던 이상진도 고개를 끄덕이며 수긍했다.

선수 하나하나의 포인트에 집중하는 건 시즌으로 충분했다.

지금의 목표는 우승이다.

"그럼 6회를 끝내고 오겠습니다."

"젠장. 이놈들은 점수 좀 내놨다고 방망이 막 휘두르네? 야! 들어와!"

한현덕 감독의 고함 소리를 뒤로하며 상진은 글러브를 챙겨 다시 마운드로 향했다.

그리고 다시 한번 자신을 향해 쏟아지는 함성을 향해 두 손을 들어 올렸다.

"상진아! 아빠다!"

마운드 위에서 순간 삐끗 할 뻔했다.

*　　　　*　　　　*

이상진이 6회를 끝내고 승리투수 요건을 갖춘 채 내려가자 7회부터 8회까지 서균빈, 박주형, 박상일이 차례로 등판해서 막아 냈다.

그리고 대망의 9회에 특급 마무리 정우한이 등판했다.

그는 자신의 별명답게 이닝을 깔끔하게 끝냈다.

─타구가 높게 떠올랐고! 좌익수! 다가갑니다! 잡아 냅니다!

─시리즈 종료! 충청의 독수리가 잠실로 날아갑니다!

─충청 호크스! 한국 시리즈 진출!

─충청 호크스가 무려 13년 만에 정상을 향해 날갯짓을 합니다!

"한국 시리즈다!"

"와아아아! 호크스! 호크스! 충청의 자랑 호크스!"

"이상진! 이상진!"

"정우한! 정우한!"

2006년에 마지막으로 겪었던 한국 시리즈 이후로 처음 발을 딛게 됐다.

홈구장에서 한국 시리즈 진출을 결정짓자 관중들은 일제히 환호하며 펄쩍펄쩍 뛰었다.

개중에는 그라운드까지 뛰어 들어오는 극성팬까지 있었다.

"와아아아!"

더그아웃에 나와 기쁨의 세리머니를 하던 이상진은 극성팬이 달려들자 피하지 않고 함께 마주 안아 주었다.

그 광경을 보며 선수단은 일제히 이상진과 극성팬에게 음료수와 물을 뿌려 댔다.

"우승을 향해 가자!"

그라운드로 난입하는 팬들까지 환영할 정도로 호크스의 사기는 하늘을 찌를 듯 높아졌다.

팬들과 선수들이 하나 되어 환호하는 가운데, 한현덕은 조용히 상대 팀 더그아웃으로 향했다.

"수고 많으셨습니다, 임경혁 감독님."

"아닙니다, 한현덕 감독님. 한국 시리즈 진출을 축하드립니다."

"허허. 한국 시리즈를 밟아 본 게 벌써 10년이 넘었다니. 세월이 참 빠르기도 하죠?"

경기를 끝낸 임경혁 감독의 얼굴에는 아쉬움이 가득했다.

4차전에 또다시 김강현을 투입하며 이상진에게 정면 대결을 걸어 봤지만, 체력적인 문제를 드러낸 건 오히려 이쪽이었다.

구위와 구속이 눈에 띄게 둔해진 김강현은 버티지 못하고 결국 7실점을 해야 했다.

오늘 인천 드래곤즈가 뽑아낸 점수는 7회에 뽑아낸 1점뿐이었다.

"정말 부럽습니다."

"하하, 예전에도 비슷한 말을 들었던 것 같네요."

"유형진 선수 말씀이시군요. 하지만 유형진 선수도 이만큼 압도적이진 못했던 것 같습니다만."

과거 한국 프로야구를 주름잡았던 유형진도 이상진만 한 퍼포먼스를 보여 주진 못했다.

임경혁은 은연중에 이상진을 추켜세워 주면서 넌지시 물었다.

"그래서 이번 시즌이 끝나면 나가는 겁니까?"

"아마도 그렇지 않을까 싶네요."

"우리 강현이도 가고 싶어 하던데."

물론 김강현의 진출은 이번 시즌 우승이 관건이기는 했다.

FA로 계약한 선수를 보내는 데 있어서 포스팅을 거쳐야 하기에 복잡하긴 했다.

그래도 우승을 한다면 시원스럽게 보낼 수 있었을 텐데.

인천 드래곤즈의 입장에서는 난감한 일이 아닐 수 없었다.

"만약 둘 다 가게 된다면 메이저리그에서 서로 자극제가 될 수도 있겠죠."

"강현이는 자극이 될 수 있겠는데, 이상진 선수도 그럴 수 있을지는 모르겠습니다."

어쩔 수 없긴 했어도 인정할 수밖에 없었다.

투수로서의 모든 능력은 이상진이 김강현보다 위였다.

한현덕과 이야기를 나누던 임경혁은 씩 웃으면서 이야기를 멈췄다.

"이제 가 보셔야 하지 않겠습니까?"

"예?"

뒤를 돌아보니 음흉한 미소를 지으며 헹가래를 치려고 대기 중인 호크스의 선수들이 있었다.

"내가 이럴 거 같아서 미리 도망 온 건데."

"그러게 어딜 도망가십니까!"

한현덕은 쓴웃음을 지으며 그들에게 질질 끌려갔다.

*　　　　*　　　　*

「충청 호크스, 13년 만에 한국 시리즈 진출」

「우승한 지 20년, 이번에는 어떨 것인가」

「객관적인 전력에서 밀리는 호크스의 전략은?」

「5위부터 우승을 목전까지. 역대급 업셋 우승, 과연 가능한가?」

이미 기자들이 온갖 기사들이 쏟아 내는 가운데 공개 기자 회견장에 승리팀 감독인 한현덕이 올라왔다.

그리고 이번 플레이오프 MVP로 꼽힌 이상진이 뒤이어 올라왔다.

"먼저 충청 호크스의 한국 시리즈 진출을 축하합니다. 한현덕 감독님."

"감사합니다."

"5위로 와일드카드부터 한국 시리즈 진출까지 이뤄 내셨는데, 소감 한 말씀 부탁드립니다."

한현덕은 헛기침을 몇 번 하고 옆에 있는 이상진을 흘끗 바라봤다.

그가 작게 한숨을 쉬자 기자들은 일제히 웃음을 터뜨렸다.

"우선 마음이 참 벅차네요. 호크스가 우승해 본 것도 벌써

20년이 지났고 한국 시리즈에 가 본 것도 10년이 훌쩍 넘었습니다. 이번에 약한 전력임에도 불구하고 플레이오프에서 3 대 1로 승리를 거두고 한국 시리즈에 나가게 되니 무척이나 기쁩니다."

"이상진 선수는 데뷔하고 처음으로 한국 시리즈 진출인데 기분이 어떠십니까?"

순식간에 자신에게 화살이 돌아왔음에도 상진은 당황하지 않고 웃었다.

"더할 나위 없을 정도로 짜릿하고 즐겁습니다."

"다들 체력적으로 많이 지쳐 있을 것 같습니다. 특히 이상진 선수는 와일드카드 1차전, 준플레이오프 1차전에는 선발로, 3차전에는 불펜으로 등판한데 이어 플레이오프에서도 선발로 두 번이나 출전하셨는데, 체력 안배는 괜찮으신가요?"

"물론입니다. 제 체력은 내일 또다시 던질 수 있을 정도로 완벽합니다."

다시 한번 웃음이 터져 나왔다.

그때 누군가 손을 들었다.

예전부터 상진 자신에게 호의적이었던 월드 스포츠의 김명훈 기자였다.

오랜만에 보는 반가운 얼굴에 상진의 입가에 떠올라 있던 미소가 짙어졌다.

"월드 스포츠의 김명훈 기자입니다. 아까 다른 분이 드렸지만 한국 시리즈 진출을 축하드립니다. 그런데 이상진 선수는 명실상부 호크스의 에이스입니다."

"부끄럽지만 다른 분들이 그렇게 말씀해 주시는 건 잘 알고 있습니다."

"그렇다면 한국 시리즈 1차전에 선발로 등판할 예정이신가요?"

순간 회견장이 고요해졌다.

한국 시리즈 1차전에 등판하는 건 확실한 1승 카드일 경우에 가능했다.

하지만 이상진은 다들 알다시피 포스트 시즌에 들어와 강행군을 소화하고 있었다.

시즌 중에 한현덕 감독은 5일 로테이션을 꼬박꼬박 챙겨 주며 체력 관리를 해 줬다.

그렇다면 한국 시리즈는 어떨까.

"재미있는 질문이시네요."

이상진은 옆에 있는 한현덕 감독을 흘끗 바라보며 시선을 맞췄다.

어깨를 으쓱거리며 장난스럽게 웃은 한현덕 감독은 마이크를 잡았다.

"한국 시리즈 1차전에 올라갈 투수는 여전히 변함없는 충청 호크스의 에이스뿐입니다."

"그 말씀은?"

이번에는 이상진 차례였다.

"휴식일이 며칠이 되었든 관계없습니다. 강남 그리즐리와 맞붙게 되는 한국 시리즈 1차전."

그는 단호하게 선언했다.

"제가 등판합니다."

*   *   *

「한국 시리즈 1차전 선발 등판은 이상진」

「충청 호크스, 자신 있게 1선발을 밝히다」

「변수는 이상진의 체력, 과연 한국의 새로운 괴물은 영광을 거머쥘
것인가」

김대영 감독은 신문을 읽다가 피식 웃으며 집어 던졌다.

"인천 드래곤즈가 우세할 거라더니. 전력 분석팀도 죄다 글
러먹었군."

사실 김대영이 생각하기에도 이상진을 제외하면 인천 드래곤
즈가 우세한 건 맞았다.

다만 이상진이 휴식일을 짧게 가져다며 4차전에도 등판, 3 대
1로 시리즈를 끝낼 줄은 아무도 예상하지 못했다.

"적어도 5차전은 가리라고 예상했습니다."

"그리고 5차전에 등판한 이상진은 소모할 대로 소모했으니
우리가 유리할 것이다. 이렇게 생각했지만 결국 4차전에 등판
해서 끝내고 1차전에 등판한다는군."

지난번에 했던 인터뷰에서는 이상진을 인정하는 발언을 했

었다.

하지만 지금은 상황이 달라졌다.

그때는 물러서도 됐지만, 지금은 물러선다면 우승에서 밀려난다.

"이제 이건 쓸모없게 됐군."

인천 드래곤즈를 분석한 자료를 옆에 있던 서랍에 집어 던진 김대영은 충청 호크스라고 적힌 커다란 파일철을 펴들었다.

"감독님, 이상진에 대한 전력 분석팀의 추가 자료입니다."

"후우, 또 뭔데?"

"인천 드래곤즈의 전력 분석팀에서 전해 온 이상진의 투구 패턴 자료라고 합니다."

그 말에 김대영 감독의 눈이 반짝 빛났다.

"1차전에는 그럭저럭 쓸모 있었겠지. 하지만 4차전에 그렇게 털려 놓고?"

"그래도 전력 분석팀이 거래해서 가지고 온 자료인데, 한번은 보시는 편이 좋지 않겠습니까?"

"그건 그렇겠지."

전력 분석 자료를 훑어본 김대영 감독의 호기심은 이내 실망으로 바뀌었다.

직접 맞붙어서 호되게 당한 경험 때문인지 보다 상세하기는 했다.

하지만 강남 그리즐리의 전력 분석팀이 내놓은 결과와 큰 차이가 없었다.

"큰 차이가 없네."

"그러면 어떻게 하시겠습니까?"

"임기응변."

"예?"

김대영 감독이 내놓은 방법은 임경혁 감독과 정반대였다.

"선수들의 감에 맡긴다."

시작은 완벽하게 (1)

　메이저리그의 월드 시리즈와 비교하면 초라할지도 모른다.

　그래도 한국의 10개 구단들과 모든 프로야구 선수가 꿈꾸는 무대가 바로 한국 야구의 결승이라고 할 수 있는 한국 시리즈였다.

　1차전이 열리는 강남 송파 구장에는 벌써 만원 관중이 몰려들어 있었다.

　각지에서 몰려든 그리즐리와 호크스의 팬들로 경기장 바깥까지 소란스러웠다.

　"저기 호크스 버스다!"

　"이상진이다!"

　"이상진이 저기에 있어!"

구단 버스가 도착하자마자 송파 구장에 먼저 와 있던 팬들이 구름처럼 몰려들었다.

경호원들이 황급히 달려들어 선수들이 나갈 길을 터 주자 호크스의 선수들이 하나둘씩 버스에서 내렸다.

"김대균! 김대균!"

"이상진! 꺄아아아악!"

"최재환 선수! 이쪽 한 번만 봐 주세요!"

"은일아! 너무 귀여워!"

하지만 선수들은 웃음기 하나 없이 비장한 얼굴이었다.

심지어 사인조차 해 주지 않자 팬들도 점점 수그러들었다.

대신에 이정열이 주장으로서 대표로 인사를 했다.

"안녕하세요! 호크스의 팬 여러분! 이정열입니다. 오늘 한국 시리즈에 올 수 있었던 건 팬 분들이 보내 주신 열렬한 성원 덕분입니다. 다만 오늘은 선수들이 너무 긴장해서 팬 서비스를 제대로 해 드리기 어려운 점 양해 부탁드립니다."

평소에도 팬 서비스 좋기로 정평이 난 호크스였다.

그런데 오늘은 분위기가 심상찮았다.

심지어 연쇄 사인마라고 별명이 붙을 정도인 이상진마저도 살짝 고개를 숙이는 것으로 인사를 대신했다.

팬들도 그 긴장감을 이해했다.

"13년 만에 온 한국 시리즈니까 이럴 만도 하지."

"평소에 잘해 주는 사람들이니까 오늘은 보내 주자고."

무려 13년 만의 한국 시리즈 진출이다.

무엇보다 우승을 해 본 지는 20년이 된 데다가 역대급이라고 할 수 있는 업셋 시리즈를 만들며 올라왔다.

　이미 만족스러운 결과에 팬들도 오늘의 팬 서비스 정도는 넘어갈 정도로 편한 마음이었다.

　하지만 만족하지 못하는 사람이 하나쯤은 있는 법이다.

　"야! 이상진!"

　"이거 하나만 해 드리고 갈게요!"

　"너 오늘 선발인데 초장부터 힘 뺄 거야?"

　지나가다가 어린이 팬을 지나치지 못한 상진이 유니폼에 사인을 해 주자 이정열이 뒷덜미를 낚아챘다.

　순간적으로 제지당한 상진은 뒤를 돌아보면서 조심스럽게 물었다.

　"안 됩니까?"

　"안 돼! 해 드려도 경기 끝나고 해 드려!"

　"쳇. 뭐, 그러죠."

　그러면서도 하던 사인은 마저 끝내고 펜을 건네주며 어린이 팬의 머리를 쓰다듬어 주었다.

　이상진과 악수까지 마친 어린이는 좋아서 어쩔 줄 몰라 했다.

　그래서 타박을 하던 이정열도 쓴웃음을 지을 수밖에 없었다.

　　　　*　　　　　*　　　　　*

한편 단장과 함께 VIP실로 향한 한현덕 감독은 침을 삼켰다.

예전에도 몇 번씩 만나 봤던 사람이니 만큼 기업의 총수라고 해서 겁먹은 게 아니었다.

그냥 주위를 사로잡는 카리스마가 몸 밖으로 뿜어져 나온다고 생각됐다.

"허허, 오랜만이오. 한현덕 감독, 그리고 박종현 단장."

"한동안 격조했습니다, 회장님."

김성연 회장은 웃으면서 자리를 권했다.

한현덕과 박종현은 쭈뼛거리면서 회장이 권하는 자리에 앉았다.

"5위를 할 줄도 몰랐고, 설마하니 한국 시리즈까지 올라올 줄도 몰랐네. 이게 전부 안과 밖에서 힘써 준 감독과 단장의 공이지."

"과찬이십니다."

박종현 단장도 고개를 숙이며 겸손하게 대답했다.

김성연 회장은 허허롭게 웃으면서 커피를 한 모금 마셨다.

"여기까지 왔으니 딱히 더 바라는 건 없지. 그래도 한현덕 감독은 욕심이 나지 않나?"

"물론입니다. 가능하다면 우승 트로피를 챙겨 갈 생각입니다."

"그 정도 패기는 가지고 있어야 감독 자리를 할 만하지, 암."

패기 있는 대답에 만족하는 김성연은 기분이 매우 좋았다.

10년 넘게 한국 야구에서도 이름난 명장들을 불러 모아 팀을 맡겼다.

하지만 누군가는 팀의 몰락에 기여하거나, 누군가는 팀에 아무런 신경도 쓰지 않는다든가.

혹자는 팀을 기둥뿌리까지 뽑아 버릴 뻔했다.

그런데 지원도 부족한데도 이번 감독은 너덜너덜해진 팀을 이끌고 한국 시리즈까지 왔다.

"감독인 저 혼자만으로는 불가능했습니다. 이번 한국 시리즈 진출은 오로지 이상진, 선수 한 명의 힘 덕분입니다."

"그 정도로 대단한가?"

"물론입니다. 과거 팀의 에이스였던 유형진 이상의 선수입니다."

김성연 회장의 눈이 살짝 커졌다.

한국 야구에서도 손꼽히는 투수이자, 2000년대와 2010년대를 대표하는 투수가 바로 유형진이었다.

그런데 그런 선수를 직접 지도했던 한현덕 감독의 입에서 이런 말이 나올 줄은 전혀 생각지 못했다.

"그래도 그런 선수를 아끼고 관리해 주며 동시에 시기적절하게 기용하는 것도 감독의 공이지. 괜히 겸양하며 말을 돌릴 필요는 없네."

"감사합니다."

"그런데 뭔가 원하는 것 있나? 팀 내부로도 그렇겠지만, 한현덕 감독이 원하는 게 있다면 얼마든지 들어주도록 하지."

역시 화끈하기로 유명한 김성연 회장답게 하는 말도 화끈했다.

그리고 한현덕도 80년대 후반부터 그런 김성연 회장을 봐 왔던 만큼 지금 하는 말이 결코 빈말이 아니라는 걸 잘 알고 있었다.

잠시 고민하던 한현덕은 각오를 끝냈다.

"이번 시즌이 끝나고 이상진의 메이저리그 진출을 도와주십시오."

"오? 메이저리그? 그러고 보니 스카우터들이 자주 왔다 갔다 한다던데."

"예. 팀에서 포스팅을 넣고 메이저리그 진출을 도와줄 생각입니다."

"본인에게도 그럴 생각이 있고?"

"그렇습니다. 선수의 소원이기도 합니다."

김성연 회장은 옆에서 난감한 표정을 짓는 박종현 단장을 보고 너털웃음을 터뜨렸다.

게다가 오늘 이 자리에 동석시키지 않은 사장에게서도 많은 보고를 받아서 팀의 사정은 알 만큼 알고 있었다.

"단장은 내년이 걱정되나 보군."

"예? 아, 예. 솔직하게 말씀드리자면 그렇습니다."

"그렇다고 팀이 이상진 한 명에게 의존하는 것도 너무하다고는 생각하지 않나?"

약간 질책하는 듯이 말하는 회장의 얼굴은 즐거워 보였다.

잠시 생각에 잠겼던 그는 단호하게 말했다.

"비서."

"예, 회장님."

"사장단에도 따로 전해 두도록. 포스트 시즌이 끝나면 이상진의 메이저리그 진출을 철저하게 지원하도록."

"알겠습니다."

그룹 차원에서 이상진의 메이저리그 진출 지원이 결정되는 순간이었다.

＊　　　　＊　　　　＊

냉장고를 가득 채우고 있는 열량 높은 초콜릿 과자들을 보며 이상진은 뿌듯한 표정을 지었다.

작은 상자 하나를 뜯어서 순식간에 내용물을 흡입했다.

"저놈은 긴장도 안 하나?"

김대균은 투덜거리면서 주먹을 꽉 쥐었다.

힘을 꽉 넣고 있어도 살짝 떨리고 있었다.

관중석은 이미 꽉 차 있어서 함성만으로 경기장을 들썩이게 만들 정도였다.

"다들 긴장돼요?"

오늘 긴장하지 않는 건 오로지 이상진 혼자뿐.

충청 호크스의 선수들은 전부 긴장감을 몸에 두른 채 준비

중이었다.

이상진은 그런 경직된 분위기가 싫었다.

"인마, 긴장 안 하는 네가 비정상인 거야."

"긴장해야 할 이유가 없으니까요."

베테랑이나 신인급들, 너 나 할 것 없이 전부 긴장감에 화장실을 왔다 갔다 하는데, 이상진은 태평했다.

"이런 간이 배때기 밖으로 튀어나온 놈을 봤나."

"푸아그라라도 해 먹을 정도로 탐스러운 간 아니에요?"

"하여튼 넉살도 좋아요."

"당연하잖아요?"

마지막 남은 초코 과자를 한입에 넣고 손가락을 쪽쪽 빨고는 다음 상자를 꺼냈다.

긴장이 되는 건 와일드카드전 정도였다.

시간이 가면 갈수록 이상진은 자신감이 붙었다.

"난 최고니까요."

*   *   *

―야구팬 여러분께 이번 가을은 어떻게 기억될까요? 올해 가을 야구 마지막 축제의 현장에서 여러분께 인사드립니다.

―5위에서부터 역대급 업셋 시리즈를 기록하며 한국 시리즈에 올라온 충청 호크스! 그리고 왕조 건설을 꿈꾸며 정규 시즌과 통합 우승을 노리는 강남 그리즐리!

—오늘 첫 경기는 이상진과 조슈아! 양 팀의 에이스가 맞붙습니다!

5위에서부터 도장 깨기를 하며 한국 시리즈에 진출한 충청 호크스.

그리고 1위의 자리에서 여유롭게 체력을 비축하며 기다려 온 강남 그리즐리.

양 팀의 대결을 예측한 사람은 아무도 없을 정도로 의외의 매치였다.

"역시 조슈아답네요."

"투구가 좋은데?"

"휴식기가 좋은 보약이 된 거겠죠."

정규 시즌 1위의 가장 큰 이점은 체력을 비축할 수 있단 점이었다.

와일드카드부터 플레이오프까지.

15일 넘는 기간 동안 가벼운 훈련과 홍백전을 통해 체력을 온존해 둔 강남 그리즐리는 활력이 넘쳤다.

그리고 그건 1회 초, 충청 호크스의 공격을 가볍게 막아 낸 외국인 투수 조슈아가 보여 줬다.

"그에 비해서 우리는 지칠 대로 지친 놈들뿐이니."

체력을 잔뜩 비축해 놓은 상대 팀과 달리 호크스는 9경기나 치르고 이곳에 왔다.

준플레이오프를 3경기 만에, 플레이오프를 4경기 만에 끝낸 건 꽤 빠른 축에 속했지만, 체력적인 소모만 따진다면 결코 무시할 수는 없었다.

게다가 선수들의 마음가짐도 약간 풀어지기도 했다.

'긴장은 하고 있지만 여기까지 왔으면 '괜찮다'라는 생각이 지배적이야.'

현덕은 입술을 깨물며 선수단을 둘러봤다.

우승하고자 하는 열망보다 이쯤이면 우리는 할 만큼 했다는 표정들이었다.

이 정도에서 무너진다고 해도 우리를 탓하지 않겠지.

이런 표정이 마음에 들지 않았다.

'하지만 기대 이상의 성적을 거둔 건 사실이야.'

동기부여라는 건 이래서 힘들었다.

선수들의 승부욕을 언제나 고양시키고 그걸 유지해야 하는 게 감독의 일이다.

하지만 이래서야 제대로 된 동기부여가 불가능했다.

조금 전에 1번 타자로 올라가서 아웃되어 내려온 정은일마저도 마찬가지였다.

패기 넘쳐야 하는 신인마저도 이미 목표를 상실한 얼굴들이었다.

"다들 몰골이 말이 아니네요? 지쳤어요?"

"지쳤지. 144경기에 플러스해서 몇 경기를 더 한 거냐."

"재환이 형도 이런 말을 할 줄은 몰랐네요?"

그런 가운데 혼자 신이 난 건 이상진이었다.

오로지 기대에 차서 마운드로 나가고 싶어 안달이 난 표정이
었다.

"다들 이제 만족했어요?"

그 말에 대답하는 사람은 없었다.

한현덕은 이상진을 그냥 놔두었다.

지금 선수를 이끄는 건 감독이 아니라 가장 독보적인 선수
여야 했다.

"다들 여기까지 왔으면 우승 정도는 버려도 되는 건가 보네
요?"

"누가 그렇게 얘기했냐?"

"그런데 다들 축 처져서 뭐 하는 거예요? 퇴근 기다리는 직
장인 같잖아요? 지쳤어요? 아니면 근성이 없는 거예요?"

근성이 없다는 소리에 선수들 중 몇몇의 눈에 불꽃이 일었
다.

하지만 아직 대다수의 선수들은 고개를 가로저었다.

"솔직히 말해서 힘들지 않겠냐? 우승해 보겠다고 이리저리
뛰어다녀 봤자······."

"강민이 형, 우승이 힘들다고요?"

팀 선배의 말을 끊고 쏘아보는 상진의 눈은 매서웠다.

"포기해 버리면 가능성은 0퍼센트죠. 하지만 도전한다면 우
승할 가능성은 단 1퍼센트라도 존재해요. 솔직히 실망했습니
다. 이렇게 힘들게 올라와서는 쉽게 포기하는 사람들을 동료라
고 믿었다니."

그때 충청 호크스의 공격이 끝났다.

이상진은 계단을 밟고 그라운드로 향했다.

그리고 계단 위에서 우뚝 서서 뒤도 돌아보지 않고 말했다.

"여기까지 오는 데 도와줘서 고맙습니다."

여태까지 들어 본 적 없을 정도로 차가운 목소리였다.

"이제부터는 나 혼자 싸울 겁니다."

『먹을수록 강해지는 폭식투수』 5권에 계속…